Dann kauf’s dir doch

Susanne Fülscher widmete sich nach ihrem Germanistik- und Romanistikstudium sehr schnell dem Schreiben. Bisher sind von ihr um die 50 Romane für Kinder, Jugendliche und Erwachsene erschienen, die mehrfach ausgezeichnet und in viele Sprachen übersetzt wurden. Susanne Fülscher lebt als freie Schriftstellerin und Drehbuchautorin in Berlin.

Susanne Fülscher

DANN KAUF'S DIR DOCH

CARLSEN CLIPS

Außerdem in der Reihe Carlsen Clips lieferbar:

Alles auf eine Karte
Auf dich abgesehen
Aufs Ganze gehen
Egal, was morgen ist
Herz über Klick
Ich weiß alles über dich
Killyou!
Likes sind dein Leben
Totalabsturz
Weil ich so bin

FSC
www.fsc.org
MIX
Papier aus verantwortungsvollen Quellen
FSC® C083411

Originalausgabe
Veröffentlicht im Carlsen Verlag
September 2018

Umschlagabbildung: photocase.de © AllzweckJack;
shutterstock.com © Durch Ratana21
Umschlaggestaltung: formlabor
Corporate Design Taschenbuch: bell étage
Gesetzt aus der Garamond Three LT
ISBN 978-3-551-31699-8

1.

Alles fing mit Marvin an. Dem wahrscheinlich coolsten Typen, der jemals an unserer Schule rumlief.
Echt jetzt. Ohne Übertreibung.
Marvin tauchte irgendwann nach den Halbjahreszeugnissen auf. Es war ein grausam kalter Februarmorgen, als er in unsere Klasse kam. Das heißt, er kam nicht einfach nur rein, er stiefelte wie ein Cowboy durch die Reihen und alle Blicke gingen zu ihm. Irgendwie logisch, ich starrte ja auch. Blonde Surfermatte. Angesagte Klamotten. Teure Uhr. Wahrscheinlich hatte er auch noch einen Mega-Bizeps.
Mir war sofort klar: Der kann jede haben. Bestimmt auch Juna, in die ich so heftig verknallt war, dass es jedes Mal *puff* in meinem Hirn machte, wenn ich ihr gegenüberstand. Statt „Hi, Juna, Bock auf Kino?“ zu sagen, kam dann bloß Gestotter aus meinem Mund. Oder auch gar nichts. Aber zu Juna später mehr ...

Also Marvin. Für mich war er nur ein Arsch auf zwei Beinen mit reichlich Kohle von Papi. Das wäre ja noch halbwegs zu verkraften gewesen, hätte er nicht in einer Tour angegeben. Mit seinem neuen Smartphone, den Bluetooth-Kopfhörern, den hammercoolen Sneakers. Und erst sein Gelaber über Serien und Filme! Klar, Marvin hatte voll den Durchblick. Nur er wusste, was man gesehen haben musste und was nicht. Und er musste es auch ständig rumposaunen.
Die Jungs aus meiner Klasse waren beeindruckt, die Mädchen himmelten ihn an. Ich war einfach nur neidisch. Weil ich ihn eben nicht hatte, also diesen X-Faktor. Mir guckten die Mädchen jedenfalls nicht hinterher.
Zum Glück hatte ich wenigstens einen besten Kumpel. Luis. Wir waren in derselben Nachbarschaft aufgewachsen und eigentlich schon immer Freunde. Luis musste ich nichts beweisen. Ihm war es egal, wenn ich auf dem peinlichsten Smartphone der Welt herumtippte und Sneakers trug, über die sich selbst der hinterletzte Trottel kaputtgelacht hätte. Luis stand immer hinter mir. Ich war total froh, dass es ihn gab. Weil ich mit jedem Scheiß zu ihm

kommen konnte. Er hörte mir selbst dann noch zu, wenn ich ihm zum x-ten Mal wegen Juna die Ohren vollheulte.

Eine unserer typischen Unterhaltungen lief in etwa so ab:

Ich: „Juna ist echt geil."

Luis: „Wie?"

Ich: „Sie ist GEIL! "

Luis (zwischen gelangweilt und genervt): „Ey, du Knecht, ich weiß echt nicht, was du an der findest."

Ich (stöhnend): „Oh, Mann! Du hast ja keine Ahnung!"

Luis (lauter stöhnend): „Ich mein, sie ist nicht mal besonders hübsch! Und heiß ist sie auch nicht. Voll das Flachland."

Ich (lässig): „Du hast echt keine Ahnung! Sie ist so was wie ... der Papageienfisch unter den Fischen."

Luis (prustet los): „Du bist so ein Idiot, weißt du das?"

Luis meinte es nie böse, und ich war auch nicht sauer, wenn er so über Juna redete. Ich fand sie ja selbst erst seit Kurzem heiß. Bis zur sechsten Klasse war sie für mich nur die Brillenschlange mit den quietschrosa Klamotten und dem quietschrosa Ranzen gewesen. Danach kam diese voll üble Kicherphase. Alle Mädchen kicherten zu der Zeit wie blöde rum, und man sah besser zu, dass man Land gewann. In der Zehnten wurde aus der Quietschtussi in rosa Klamotten plötzlich Juna. Also, DIE Juna, in die ich mich verknallte. Wie alle anderen Mädchen trug sie von heute auf morgen enge Hosen mit Stiefeln, tief ausgeschnittene T-Shirts, gleich mehrere Lagen übereinander. Lieblingsfarben: grau, schwarz, dunkelblau. Das sah richtig mega aus. Plötzlich fiel mir auf, dass ihre Haare so einen coolen rotblonden Farbton hatten und ihre Augen krass grün leuchteten. Und ich fragte mich, warum Luis und all die anderen Hackfressen in meiner Klasse das nicht bemerkten und sich nicht auch in sie verliebten.

2.

Mr Surfermatte stand schon an der Klassentür, als ich nach einem mörderanstrengenden Wochenende in die Schule kam. Luis und ich hatten auf einer Home bei August gefeiert. Also, gelabert und gefeiert, bis Augusts Eltern reinplatzten, um uns unsanft rauszubefördern. Irgendjemand hatte gekifft, das hatte man wohl bis auf die Straße gerochen.
„Ist was?“, fragte ich Marvin, weil er mich von oben bis unten begaffte und dabei blöd grinste.
„Nö.“ Sein Blick blieb an meinen Uralt-Sneakers hängen, die voll asozial aussahen. „Ein paar von uns gehen heute Mittag im *Deli 66* essen. Kommst du mit?“
Gegenüber von unserer Schule hatte vor Kurzem ein neuer Fresstempel aufgemacht. Sah von außen ziemlich edel aus. Garantiert nicht meine Preisklasse.
„Was gibt's da denn so?“, fragte ich bemüht gelangweilt.

„Ultraleckere Burger.“ Marvin deutete ein Ding so groß wie einen Fußball an.
„Und wer kommt alles mit?“
Er zählte auf: Melanie, Phil, Benno, Zoe, August, Fritz ...
„Ich auch!“ Juna war wie aus dem Nichts aufgetaucht und quetschte sich zwischen uns hindurch. Ihr zitronig-frischer Geruch haute mich fast um. Seit sie ihre Süße-Kaugummi-Phase hinter sich gelassen hatte, wurde ich jedes Mal, wenn sie in meiner Nähe war, fast ohnmächtig.
„Cool!“ Marvin grinste schleimig, dann sagte er zu mir: „Vielleicht will Luis auch mit? Frag ihn doch mal.“
Ich nickte und rettete mich in die Klasse.
Während der Deutschstunde schaltete ich auf Durchzug. Wieder und wieder lief ein Film in meinem Kopf ab. Juna und Marvin. Marvin und Juna. Vielleicht würden sie sich im Bistro gegenübersitzen und die ganze Zeit fett angucken. Dabei würden Marvin Junas wahnsinnig grüne Augen auffallen und er würde denken, hey, die ist ja richtig süß, wieso hab ich das nicht früher gecheckt? Und Juna würde dahinschmelzen, wenn Marvin sein Filmstar-

Lächeln lächelte und sich durch seine Surfermatte fuhr. Scheiße noch mal, das durfte ich nicht zulassen! Niemals.
Ich hibbelte der Pause entgegen, dann fragte ich Luis, ob er mit ins Bistro kommen würde.
„Hallo, geht's noch?“ Er tippte sich an die Stirn. „Ich geb doch nicht einen Haufen Geld aus, wenn ich in der Mensa für drei fünfzig essen kann.“
Ich eigentlich auch nicht. Aber dies hier war eine Notsituation. Jedenfalls für mich.
„Ähm, kannst du mir was leihen?“, fragte ich.
„Boah, schon wieder?“
„Bitte, Luis!“
Luis bekam kein festes Taschengeld von seinen Eltern, doch sie steckten ihm trotzdem ständig Geld zu. Für neue Sneakers. Für ein Computerspiel. Oder einfach nur so. Er haute die Kohle aber nie auf den Kopf, sondern zahlte sie brav auf seinem Konto ein. Weil er für den Führerschein sparte. Und es gar nicht abwarten konnte, endlich genug zusammenzuhaben, um loszulegen.
Bei mir sah das anders aus. Meine Eltern gaben mir zwanzig Euro im Monat bar und keinen Cent mehr. Dafür lief mein Handyvertrag über

ihr Konto und sie bezahlten mir ein Spotify-Abo. Aber bei allem, was ich mir sonst so kaufen wollte, kam ich mit einem mickrigen blauen Schein überhaupt nicht über die Runden. Einmal Kino plus Cola und Popcorn – *zack* – war das Geld weg.
„Du kriegst die Kohle morgen früh wieder“, versprach ich, weil Luis immer noch nichts sagte. „Spätestens übermorgen. Da gibt's Taschengeld.“
„Okay.“ Luis kramte in seinen Hosentaschen und hielt mir einen Zehner hin. „Weil du es bist.“
Dann war die Pause zu Ende, und ich wusste, dass ich den besten Kumpel der Welt hatte. Auf den ich mich immer verlassen konnte.

*

Beim Essen ging es gleich ziemlich übel los. Juna merkte nicht mal, dass ich überhaupt da war. Und ich fragte mich, warum ich hier hockte und diesen sauteuren Burger aß, der in einer x-beliebigen Burger-Kette genauso schmeckte.
Schuld war Marvin.
Mr Surfermatte.
Dieser Arsch.
Er thronte am Kopf des Tisches, und während

wir (also die Durchschnittstypen) kauten, schwafelte er. Über den Wagen, den er zum sechzehnten Geburtstag geschenkt bekommen hatte und der schon jetzt in der Garage seiner Eltern stand. Auch wenn er ihn noch gar nicht fahren durfte. Aber demnächst. Immerhin hatte er ja schon mit dem Führerschein angefangen.
„Einen BMW 1er?“, fragte Phil. „Ist ja cool!“
Marvin nickte, zog einen Zwiebelring aus seinem Burger und legte ihn auf dem Tellerrand ab.
„Echt funkelnagelneu?“, wollte Fritz wissen.
Wieder nickte er. Zwiebelring Nummer zwei landete auf dem Teller. „Mein Dad ist nur einmal damit um den Block gefahren. Probefahrt.“
„Welche Farbe?“, erkundigte sich Zoe.
Die Jungs wieherten los.
„Und was ist jetzt so witzig?“ Zoe, die wie Juna einen veganen Burger bestellt hatte, schaute beleidigt.
„So was können echt nur Mädchen fragen.“ Marvin nahm den Burger in beide Hände und biss ab. Natürlich war es bei ihm kein stinknormales Abbeißen, sondern es sah irgendwie lässig aus. „Okay, wenn du so nett fragst: Carbon.“
„Carbon, wow!“, rief Juna aus.

„Geil!“, fügte ich hinzu.
Dabei hatte ich null Peilung, was für eine Farbe das sein sollte. Schwarz? Oder Grau? Oder irgendwas dazwischen? Ich hatte es nur gesagt, damit Juna endlich mal checkte, dass ich auch anwesend war. Dass ich hier mit ihr am Tisch saß. Vielleicht würde sie ja mal kurz zu mir rübergucken, wenigstens das. Aber Fehlanzeige. Sie grinste Marvin an, kicherte mit Melanie und mampfte ihren Burger.
Kaum waren die Teller leer, schnippte Marvin nach dem Kellner. „Ich geb ein Eis aus!“, rief er und es klang wie „Ich hab ja genug Schotter, um euch einzuladen! Geil, oder?“.
Alle freuten sich wie sonst was und suchten sich in der Karte die fettesten Becher aus. Logisch. Nur ich nicht. Ich wollte von dem Arsch nichts annehmen. Ich hatte da echt meinen Stolz. Und um den Nachtisch selbst zu bezahlen, reichte die Kohle von Luis nicht.
Die Becher kamen, ich wollte schon abdampfen, als Juna sich zu mir rüberbeugte und sagte: „Magst du mal probieren, Paul?“ Sie hielt mir den Löffel hin. *Ihren* Löffel. Den schon ihre Lippen berührt hatten.
Sie lächelte.

Und ich tat gar nichts.
Außer rot zu werden.
Ja, shit, ich wurde wirklich rot!
Im nächsten Moment lehnte sich Juna schon wieder zurück. Und ich saß wie ein Volltrottel da. Mit meiner roten Birne. Ich hörte die Mädchen gackern. Keine Ahnung, was Marvin tat. Ich traute mich nicht, zu ihm rüberzugucken. Keinen Bock auf sein hämisches Grinsen.
Alles vermasselt. Typisch ich.
Und bei Luis hatte ich jetzt zehn Euro Schulden.

3.

„Na los, mach sie endlich klar! Worauf wartest du noch?“ Luis drückte mir eine Cola in die Hand, die wir im Discounter nebenan gekauft hatten.
Obwohl es dieses Jahr im März noch ziemlich frisch war, hingen wir im Park ab. Das war besser, als zu Hause zu chillen, wo immer jemand da war, der einen nervte.
„Super Idee“, entgegnete ich. „Und wie?“
Soweit ich mich erinnerte, hatte Luis noch kein einziges Mädchen *klargemacht*. Im Gegensatz zu mir hatte er noch nicht mal geknutscht. So wie ich mit Lynn. Etwa vor einem halben Jahr auf der Party im Jugendzentrum. Ich hatte ziemlich was intus und irgendwie stand ich auf einmal mit ihr im Gang zum Klo. Wir alberten rum, streichelten uns ein bisschen und plötzlich hatte ich ihre Zunge in meinem Mund. Hammer! Mein erster richtiger Kuss! Und es war mir egal, dass laufend Leute vorbeikamen. Danach war es

sogar noch weitergegangen. Ein-, zweimal haben wir bei ihr zu Hause rumgemacht. Aber dann ... Keine Ahnung, vielleicht hatte ich mich doch irgendwie blöd angestellt, oder ihr war eingefallen, dass es tollere Typen als mich gab. Denn von da an hatte sie keine Zeit mehr, mich zu treffen. Pech gehabt. War eben so.

Luis lief zum Kinderspielplatz rüber, setzte sich auf die Schaukel und fing an zu schaukeln. Und dann sagte er mit diesem total bescheuerten Luis-Grinsen: „Frag sie doch, ob sie dir einen blasen will."

„Mann, du bist so ein Idiot!"

Luis lachte glucksend. „Okay, dann mach was Normales. Lad sie ein. Ins Kino. Ins Konzert. Irgendwas Cooles!"

Irgendwas Cooles. Genau das war mein Problem. Wie sollte ich Juna ohne Kohle zu irgendwas richtig Coolem einladen?

Cool war Marvin. Durchschnittstypen wie ich konnten da einfach nicht mithalten.

„Die steht doch sowieso auf Marvin", sagte ich und spuckte aus.

„Das wird sie spätestens dann nicht mehr, wenn er sie einmal flachgelegt hat und danach abserviert."

Ich guckte Luis fassungslos an. „Ich will aber nicht, dass Marvin sie flachlegt, kapiert? Dafür ist sie echt zu schade.“
Luis’ Füße schlurften über den Boden, dann bremste er ab. „Alter, dich hat’s aber echt voll erwischt.“
Ja, das stimmte. Und jeden Tag, den ich nicht an Juna rankam, wurde es bloß noch schlimmer.

*

Zu Hause sagte ich kurz meiner Mutter Hallo, die meine kleine Schwester Sophie aus der Kita abgeholt hatte, schlang ein Brot mit Erdnussbutter runter, dann ging ich in mein Zimmer. Nachdenken. Luis hatte recht. Ich musste Juna klarmachen, bevor Marvin es tat. Dafür brauchte ich a) einen kühlen Kopf und b) einen Plan.
Ich nahm einen Zettel und schrieb:

Punkt 1: Mehr über Juna rauskriegen
Okay, ich kannte sie schon ziemlich lange, trotzdem wusste ich nicht so genau, worauf sie abfuhr und was sie neben der Schule so trieb. Also checkte ich ihre Profile im Netz.

Dabei kam raus:
- Juna stand auf ihren Hund (irgend so ein komisches Wollknäuel)
- auf Wolken, das Meer und exotische Blumen
- auf eine Indie-Band namens *Blue November*
- auf Cupcakes in schrillen Farben, andere süße Kuchen und heiße Schokolade
- auf Selfies von sich und ihren Freundinnen, auf denen sie alberne Schnuten und Kussmünder machten
- auf blonde Hollywoodschauspieler (die mich dummerweise an Marvin erinnerten)

Ich hatte fast schon den ganzen Bleistift zerkaut, als ich endlich schrieb:

Punkt 2: Meine Eltern um mehr Taschengeld anhauen
Dieser Punkt war total wichtig. Auch wenn ich es schon so oft probiert hatte. Aber egal ob ich Juna zu Cupcakes oder ins Kino einlud, ich brauchte Kohle. Und selbst wenn ich sie nicht einlud und einfach nur einen Spaziergang am See vorschlug, würde es irgendwann darauf hinauslaufen, dass man sich in einen Coffeeshop hockte oder irgendwo Pommes aß.
Gleich nach dem Abendessen startete ich einen Versuch.

„Mama?“, sagte ich, während ich mich total anstrengte, das Geschirr ordentlich in die Spülmaschine zu räumen.
„Was denn, mein Schatz?“
„Muss mal was fragen“, nuschelte ich.
Ich dachte schon, meine Mutter hätte mich nicht gehört, aber dann blickte sie mich an. Dackelfalten auf der Stirn. „Hast du was angestellt?“
„Was du immer gleich denkst! Gar nichts! Ich bin nur ...“
„Was?“
„Pleite! Wie immer! Die anderen aus meiner Klasse haben alle viel mehr Taschengeld. Ich bin der Einzige ...“
Ich brach ab, weil mein Vater in der Küche auftauchte. Es war reine Taktik von mir gewesen, meine Mutter allein anzusprechen. Sie war nicht ganz so knallhart wie mein Vater und ließ sich schon mal bequatschen. Wenn man sie nicht gerade auf dem falschen Fuß erwischte.
„Paul, das ist doch jetzt nicht wahr.“ Mein Vater nahm die Butter und stellte sie in unseren neuen Edelkühlschrank. Verchromt. Schwachinnig teuer. „Ich hab neulich erst mit einem Kollegen darüber geredet“, fuhr er fort. „Sein Sohn

bekommt auch nur zwanzig Euro, falls dich das beruhigt."
„Nee, beruhigt mich nicht."
„Hör mal, Paul. Wir wollen dich ganz bestimmt nicht kurzhalten." Mein Vater seufzte leise. „Aber wir schwimmen auch nicht gerade im Geld."
Wieder fiel mein Blick auf den Kühlschrank.
„Aber für den da war Kohle da! Jede Menge sogar."
„Paul", sagte meine Mutter. Tränendrüsen-Stimme hoch zehn. „Du weißt genau, dass der Kühlschrank schon immer mein Traum war. Und dass das Geld dafür nie gereicht hat. Und ich hart dafür gearbeitet habe."
Ja, voll hart. Bisschen Bücher sortieren im Buchladen.
„Jetzt streitet bitte nicht", beschwichtigte mein Vater.
Hallo? Was war das denn jetzt? Verkehrte Welt? Sonst polterte er immer los und Mama ging auf Kuschelkurs.
„Also gut, Paul", fuhr er fort und zog seine Brieftasche aus der Hosentasche. „Du bekommst ab jetzt dreißig in bar. Einverstanden?"
Ich nahm die beiden Scheine, murmelte *danke* und wusste schon beim Rausgehen, dass es

trotzdem nicht reichen würde. Nicht, um all die Sachen zu kaufen, die die anderen hatten. Und vor allem reichte es nicht, um Juna zu erobern.

4.

Paul bekam seine zehn Euro zurück, ich suchte den Konzerttermin einer Indie-Band raus (Geheimtipp von Luis), ergatterte übers Internet noch zwei Karten und dann schnappte ich mir Juna einfach. In der Pause. Sie trat aus dem Mädchenklo (alleine) und auch Mr Surfermatte war nirgends zu sehen. Besser ging's nicht.
„Hi, Juna", sagte ich und lächelte ein Marvin-Filmstar-Lächeln. Oder eins, das ich dafür hielt.
„Paul, du hast was Grünes zwischen den Zähnen." Juna grinste und ich wurde schätzungsweise so rot wie ein Feuerwehrauto.
„Äh, Petersilie", stotterte ich, wobei ich nicht die geringste Ahnung hatte, wie die dorthin gekommen sein sollte. Ich hatte heute Morgen nur ein Müsli gegessen.
Jetzt gab es zwei Möglichkeiten: ins Jungsklo stürzen und das Grüne aus den Zähnen pulen. Oder sie fragen. Ganz lässig. Ich entschied mich für Möglichkeit Nummer zwei.

„Hab zwei Karten für die *Honey Balls*", sagte ich. „Bock, mitzukommen?"
Zum Beweis zog ich die Konzertkarten aus der Hosentasche und wedelte damit vor Junas Nase. Sie hatten mich schlappe zwanzig Euro gekostet. Mit den zehn Euro, die ich Paul geschuldet hatte, und den Abo-Kosten war mein Taschengeld schon wieder auf null geschrumpft.
Juna guckte mich an. Dann die Konzertkarten. Dann wieder mich. Mann, waren ihre Augen grün. Garantiert würde sie mir gleich einen Vogel zeigen und abhauen, aber sie sagte: „Woher weißt du ...? Ich mein, ich wollte so megagern aufs Konzert, aber ich dachte, es gibt gar keine Karten mehr."
Bingo!
Danke, Luis!
Danke, liebes Universum!
Danke, liebe soziale Netzwerke!
Und so lässig wie möglich sagte ich: „War auch echt schwer, an die ranzukommen."
„Cool! Paul, du bist ..."
Was ich war, sagte sie nicht mehr. Denn da klingelte es und wir trabten zurück in die Klasse.

Vom Konzert kriegte ich kaum was mit. Okay, die Bässe rumsten in meinem Magen. Ich hörte einen Synthesizer orgeln. Eine Gitarre jaulen. Und eine weibliche Stimme röhren. Mehr kam aber nicht in meinem Hirn an. Ich wusste nicht mal, wie ich die Musik fand. Weil ich nur damit beschäftigt war, einfach bloß neben Juna zu *stehen*. Schulter an Schulter. Das war so abgefahren! Es kam mir fast so vor, als würde ich ihren Herzschlag spüren. Und ich konnte sie riechen. Die ganze Zeit hatte ich ihren frischen zitronigen Duft in der Nase. Erst roch sie nur *danach*. Wie sonst in der Schule. Doch nach und nach vermischte sich ihr Duft mit dem Bier, das sie in einer Plastiktüte in die Halle geschmuggelt hatte. Eins für mich, eins für sie, voll nett. Mir hatte noch nie ein Mädchen ein Bier ausgegeben, und dass sie es ganz selbstverständlich tat, haute mich um. Sie nuckelte an ihrer Flasche, ich an meiner und mit jedem Schluck fand ich Juna sexyer. Am liebsten hätte ich gesagt: Komm, lass uns abhauen! Und dann wären wir rausgegangen und gleich draußen vor der Tür hätten wir uns geküsst. Wild und gierig, und dann hätten wir in irgendeiner dunklen Ecke rumgemacht.

Ähm, ja.
Natürlich passierte das nicht so.
Weil Juna mehr von der Band angefixt war als von mir. Sie hüpfte wie ein Flummi auf und ab, warf ihre Arme in die Luft und wackelte mit dem Po. Ein paarmal berührte dabei ihre Hüfte meine, und es fühlte sich an, als würde ich einen Stromschlag kriegen.
„Ist das geil?!", schrie sie mir ins Ohr.
„Ja, voll geil!", schrie ich zurück, wobei das Geilste an dem Konzert eindeutig sie war.
Zwei Zugaben, dann schoben wir uns im Strom der Leute aus der Stadthalle. Juna redete wie ein Wasserfall. Was für ein irres Konzert! Und die Sängerin, einfach nur der Hammer! Und der Drummer, blablabla ... Irgendwie hörte ich gar nicht richtig hin. Weil ich mir die ganze Zeit eine Taktik überlegte. Mein Plan war es, sie noch heute *klarzumachen,* sprich, sie endlich zu küssen. Zumindest das. Dafür brauchte ich:

- einen einsamen Ort (also möglichst nicht der Platz vor der Stadthalle)
- die richtige Stimmung (das passte schon, Juna war grad ziemlich locker drauf)
- den richtigen Moment (woher wusste man eigentlich, wann der richtige Moment war?)

„Hast du auch Bock?“, sägte sich Junas Stimme in mein Hirn.
„Äh, was?“
„Dass wir noch was trinken!“
Juna lachte. Irgendwie total süß. Ihre Zungenspitze lugte zwischen den leicht geöffneten Lippen hervor.
„Klar, immer“, sagte ich und versuchte möglichst lässig rüberzukommen.
Was trinken gehen war cool. Da gewann ich Zeit, konnte mir genauer überlegen, wie ich Phase B einläuten sollte.
„In die *Town Bar*?“
Ich nickte. Die *Town Bar* hatte erst vor Kurzem aufgemacht, war superstylisch (hatte Marvin erzählt) und superteuer (hatte Luis erzählt).
Also zogen wir los. Mir wurde immer mulmiger zumute. In meiner Hosentasche befanden sich bloß noch vier Euro und ein paar zerquetschte. Das würde nicht für uns beide reichen. Niemals! Selbst wenn wir uns nur ein Wasser teilten. Und ich wollte Juna einladen. Logisch. Wo sie mir schon das Bier ausgegeben hatte.
Die Gedanken galoppierten durch mein Hirn. Sollte ich ihr vorschlagen lieber ins *Solar* zu gehen? Das war ein Jugendcafé, in dem man eine

Cola für zwei Euro bekam. Kein Alkohol, aber egal. Musste ja auch nicht sein.
Doch dann ... Ehrlich gesagt verpasste ich den richtigen Moment. Plötzlich standen wir vor der *Town Bar* und Juna fing von Marvin an. Also, dass der ja diese Location entdeckt hätte.
Marvin. Super Stichwort.
Ich zog die Tür auf. Und weil ich ein echter Gentleman war, ließ ich Juna vorgehen.
„Wow!", rief sie aus. „Wie cool ist das denn! Da hat Marvin ja nicht übertrieben."
Ja, der Laden war cool. Alles grau. Vom Betonboden über die Wände und die Polstermöbel bis zu den Barhockern. Trotzdem wäre ich lieber ins Jugendcafé gegangen. Dort gab es eine schummerige Ecke zum Knutschen. Hier hingen irgendwie nur komische ältere Leute rum. Gestylte Macker mit Laptoptaschen. Gestylte Frauen mit Laptoptaschen. Und wahrscheinlich führten alle wahnsinnig wichtige Gespräche.
Juna ließ sich in einen edlen Ledersessel fallen. Während sie die schiefergraue Getränkekarte aufschlug, fing sie schon wieder von Marvin an. Dass er einen echt guten Musikgeschmack habe. Und ob wir eigentlich befreundet seien.

In meinem Magen fing es an zu brodeln. Das hier war unser Abend! Warum redete sie die ganze Zeit nur über Marvin?
Was für ein bescheuerter Mist!
Und die Cola konnte ich mir hier auch nicht leisten.
„Wollen wir nicht lieber ins *Solar* gehen?“, fragte ich.
Juna sah mich verwundert an. Mit ihren krass grünen Augen. „Wieso das denn?“
„Weil ... na ja, guck dich doch um. Hier sind nur Ältere.“
„Na und?“ Juna guckte noch eine Spur entgeisterter.
Hätte ich an ihrer Stelle auch getan. Es war ja auch total dämlich, *nicht* in einen Laden zu gehen, nur weil die Leute um einen herum älter waren als man selbst.
Sie vertiefte sich wieder in die Karte. *„Spring Paradise“*, murmelte sie. „Klingt lecker. Mit Mandelsirup und Kokosmilch.“
Ich schielte zu ihr rüber und sah, dass der Cocktail schlappe sieben Euro neunzig kostete. Ich musste die Notbremse ziehen, jetzt sofort.
Ich fuhr abrupt hoch.
„Was ist denn, Paul?“

„Ich ... Ich glaub, mir ist schlecht“, stotterte ich.
„Oh, echt? Du Armer!“
Juna stand ebenfalls auf. Dann hakte sie mich unter und führte mich wie einen Opa aus der Bar.
Draußen holte ich tief Luft. Und weil ich ja immer noch vorhatte Juna zu küssen, behauptete ich, es ginge mir schon viel besser.
Juna fand das super. Jedenfalls sagte sie das. Im nächsten Moment holte sie ihr Handy raus und checkte die Uhrzeit. „Okay, ich geh dann mal. Ist ja auch schon spät.“
Ich startete einen letzten Versuch und sagte: „Soll ich dich bringen?“
„Nein, Quatsch, dir geht's doch nicht so gut.“
Mist, alles verkackt! *Ich will dich küssen! Jetzt! So richtig!* Aber garantiert wollte sie nicht mit jemandem rummachen, dem übel war. Das hätte ich an ihrer Stelle auch nicht gewollt.
Sie boxte mir kumpelhaft gegen die Schulter. „Danke für die Einladung. War ein echt geiles Konzert.“
Schon lief sie los, verschwand in der Dunkelheit. Ich sah ihr noch ziemlich lange nach. Das Gefühl, sie nicht klargemacht zu haben, schmeckte bitter auf der Zunge. Ja, mir war

schlecht. Weil ich ein Obertrottel war. Das mit Juna würde sowieso nie was werden. Dafür war ich einfach nicht cool genug. Ich sollte mich langsam damit abfinden.

5.

Am nächsten Morgen – es war Sonntag – regnete es wie Hölle. Am liebsten wäre ich überhaupt nicht aufgestanden. Wegen der Sache mit Juna und dem vermasselten Kuss. Und weil ich immer noch der Meinung war, der größte Versager aller Zeiten zu sein. Ich stopfte mir meine Ohrstöpsel rein und drehte die Musik extralaut auf. Scheißsound. Ich brauchte dringend neue Kopfhörer. Solche, wie Marvin hatte, die waren echt geil. Bluetooth. Nur – dazu fehlte mir natürlich wieder mal die Kohle. Pech, Paul. Dumm gelaufen.

Beim Frühstück war ich noch müde und konnte es nur schwer ertragen, dass meine Eltern mich in einer Tour volllaberten. Sie fragten nach dem Konzert (mhm, ganz okay), wollten wissen, ob ich Juna auch nach Hause begleitet hätte (logo, ja, ähh) und ob ich Lust hätte, mit ihnen zum Spazierengehen in den Wald zu fahren (grumpfh). Leute, glaubt ihr allen Ernstes, ich zuckele mit

euch durch den Wald? Seid ihr vielleicht vor zehn Jahren ins Koma gefallen, gerade eben aufgewacht und denkt, ich wäre noch sechs? Natürlich sagte ich das nicht so, sondern schob vor, Oma Brigitte besuchen zu wollen. Oma wohnte etwa fünfzehn Minuten von uns weg und hatte ein so großes Herz, dass sie streunende Katzen aufpäppelte, verletzte Vögel zum Tierarzt brachte oder eben mich verwöhnte. Mit selbst gebackenem Kuchen, einem leckeren Schinkenbrot oder einfach nur mit ihrem heiseren Lachen. Und manchmal steckte sie mir auch einen Geldschein zu.
Okay, das mit der Kohle war ein super Nebeneffekt, aber nicht der Hauptgrund, weshalb ich Oma so gerne besuchte. Ganz ehrlich? Ich konnte bei ihr abhängen, einfach so sein, wie ich war. Mit meinen ganzen Macken und so. Sie hörte mir immer zu und nervte nicht ständig mit klugen Ratschlägen.
„Du bist ja ganz blass, mein Junge", sagte sie, als ich eine halbe Stunde später bei ihr klingelte. „Was ist los? Bist du krank?"
Ich schüttelte den Kopf. Nein, ich war nicht krank. Aber ich hatte ein echtes Problem. Nein, zwei: Juna und die fehlende Kohle.

„Na, komm erst mal rein. Magst du eine heiße Schokolade?“
Ich nickte. Heiße Schokolade war zwar voll das Kindergetränk, aber es tröstete mich immer.
Im Wohnzimmer fläzte ich mich aufs Sofa und Omas Katze Peppermint sprang auf meinen Schoß. Ich liebte es, sie zu kraulen, und wenn sie dann schnurrte, war die Welt einen Mikromoment lang in Ordnung.
„Erzähl mal, wo drückt der Schuh?“, fragte Oma, als sie mit zwei Bechern, aus denen es dampfte, und ein paar Keksen zurückkam.
Ich nahm den Becher – Peppermint rührte sich nicht – und nippte an der Schokolade. Autsch, heiß.
„Magst du's mir nicht erzählen?“ Oma setzte sich neben mich aufs Sofa und tätschelte mein Knie.
„Oma, ich ...“, setzte ich an, kam aber irgendwie nicht weiter.
„Liebeskummer?”
Volltreffer! Wahrscheinlich klebte mir ein Schild mit der Aufschrift *Ich steh voll auf Juna, aber sie nicht auf mich* auf der Stirn. Beschämt versenkte ich meine Nase im Becher. Ich konnte mit meiner Oma über alles Mögliche reden, aber über Liebeskram? Äh, nee.

„Wie heißt sie denn?"
„Oma …"
„Schon okay. Du musst es mir nicht sagen."
Und dann platzte es aus mir heraus: „Juna."
Oma lächelte mich an und tausend Fältchen fächerten sich rund um ihre Augenwinkel auf. „Schöner Name. Ist sie hübsch? Ach, bestimmt ist sie hübsch!"
Ich nickte. Klar war sie das. Mit ihren hammergrünen Augen.
„Lass mich raten. Sie hat einen Freund?"
„Nein", brummte ich. „Sie steht nicht auf mich."
Oma lachte. Obwohl das ja nun kein bisschen witzig war. „Na, hör mal! Woher willst du das denn so genau wissen? Hat sie dir das so gesagt?"
Ich erzählte Oma Brigitte von dem Konzert und dass Juna danach die ganze Zeit über einen Typen aus unserer Klasse gefaselt hätte.
Oma hörte aufmerksam zu, dann sagte sie: „Paul-Schatz, das muss nun wirklich nichts bedeuten. Vielleicht ist das Mädchen einfach nur unsicher."
So unsicher, dass sie abgehauen ist? Nee, Oma! Und zum ersten Mal dachte ich, dass Oma Brigitte vielleicht doch nicht mehr so viel von Leuten in meinem Alter verstand.

Wir ließen das Thema fallen, quatschten über dies und das, dann spielten wir Karten. Oma hatte mir schon vor langer Zeit Rommé beigebracht und ich mochte es immer noch. War mal was anderes, als auf dem Handy oder an der Konsole zu daddeln.
Während wir also loslegten, zermarterte ich mir das Hirn, wie ich das Gespräch auf das Thema Kopfhörer bringen konnte. Oder auf Kohle. Die ich ja so dringend brauchte.
„Paul, du bist gar nicht bei der Sache!“, bellte Oma mir plötzlich ins Ohr. Sie schob die Karten zu einem Haufen zusammen. „Du denkst die ganze Zeit an das Mädchen, richtig?“
„Ja, vielleicht“, murmelte ich. Das war sie, die Gelegenheit. Und dann fragte ich Oma einfach. Ob sie mir Geld leihen könnte.
„Ach, Paulchen, ich leihe dir doch nichts. Wenn ich dir was gebe, darfst du es auch behalten.“ Sie lachte ihr heiseres Oma-Lachen, das ich so liebte, und ich bekam fast schon ein schlechtes Gewissen. „Wie viel brauchst du?“
„Hundertfünfzig.“
Stille.
Es war, als hätte jemand die Zahl Hundertfünfzig an Omas Tapete gepinselt.

Dick und fett und rot.
Bevor Oma noch auf die Idee kam, die Sache mit dem Geld gleich wieder abzublasen, erzählte ich ihr von diesen genialen Kopfhörern. (Wahrheit!) Und dass alle aus unserer Klasse solche hätten. (Lüge!) Und dass ich der absolute Volltrottel sei, weil ich sie eben nicht hätte. (Halbwahrheit!) Und ihr ja wohl klar sei, dass Mama und Papa mir niemals die Kohle dafür geben würden. (Wahrheit!)
Oma war erst mal nur baff. Weil sie gar nicht glauben konnte, dass Kopfhörer dermaßen teuer sind. „Warum sind die überhaupt so wichtig?", fragte sie. „Da kannst du dich ja gar nicht mehr mit deinen Freunden unterhalten."
Klar, das stimmte irgendwie. Nur, wie sollte ich ihr verklickern, dass man die Kopfhörer einfach bloß so haben musste? Um cool rüberzukommen. Selbst wenn man gerade gar keine Musik hörte. Das würde sie eh nicht verstehen.
Also sagte ich: „Wir brauchen die auch für den Musikunterricht. Wegen der ... äh ... Tonfolgen." (Lüge!)
„Ach so, na ja dann", murmelte Oma. Sie stand auf und ging nach nebenan, um ihre Geldbörse zu holen.

Und ich jubelte innerlich, weil ich schon morgen Besitzer der abgefahrensten Kopfhörer der Welt sein würde. Und ich würde es Marvin zeigen. Und Juna beeindrucken. Und vielleicht lief sie mir dann auch nicht mehr einfach so davon.

6.

Ehrlich, meine neuen Kopfhörer waren die oberhammer-krass-geilsten Dinger überhaupt! Schwarz und silbern, einfach nur mega. Ich war der Mittelpunkt der Klasse. Die Schaltzentrale im Universum. Der coolste Typ ever. Zumindest für ein paar Minuten. Luis und die anderen Jungs fanden sie cool. Juna wollte sie sofort ausprobieren. Zoe streichelte sie, als wären sie zwei süße Meerschweinchen. Selbst Marvin kam zu mir rüber und machte Glotzaugen. Tja, jetzt war er nicht mehr der Einzige mit so hippen Kopfhörern.
„Nicht übel“, sagte er. „Darf ich mal?“
„Klar.“ Ich machte einen auf total lässig, als ich sie ihm gab. Einige Sekunden verstrichen. Marvin wippte auf und ab. Vor und zurück. Und guckte an die Decke. Dann gab er mir die Kopfhörer zurück und sagte: „Fast so guter Sound wie bei meinen.“
War ja klar. Mr Surfermatte musste immer das

letzte Wort behalten. Weil er eben der Geilste war. Der Rudelführer.
Aber ich ließ mir die Laune nicht verhageln. Lieber freute ich mich darüber, dass ich bei Juna punkten konnte. In der großen Pause kam sie nämlich tatsächlich zu mir rüber. Sie wollte die Kopfhörer noch einmal testen und ließ sie endlose Minuten auf den Ohren. Erst als es klingelte, gab sie sie mir kommentarlos zurück. Vielleicht bescheuert, aber ich konnte es mir nicht verkneifen, sie schnell aufzusetzen. Mann, war das ein Wahnsinnsgefühl, die noch Juna-warmen Kopfhörer auf meinen Ohren zu spüren. So als hätten wir schon halb Sex gehabt.
Dann platzte unsere Deutschlehrerin rein und ich verstaute die Dinger unter dem Tisch.

*

Am Samstag darauf wollten sich ein paar Leute aus unserer Klasse abends im Park treffen. Abhängen, was trinken, ein bisschen feiern. Es war ziemlich warm für März und ich freute mich wie blöde. Weil Juna kommen würde.
„Luis, heute tu ich's“, sagte ich, als wir hinradelten.

„Was?“
„Sie aufreißen!“
Luis reckte den Daumen in die Luft. „Alter, wenn sie anbeißt, darf ich dann zugucken?“
„Klar, darauf freu ich mich schon ganz besonders“, sagte ich und boxte Luis grinsend.
Als wir im Park ankamen und mir die Bässe nur so entgegenwummerten, verging mir jedoch ganz schnell das Grinsen.
Mr Surfermatte.
Er stand da wie der King neben seinen kabellosen Outdoor-Lautsprechern. Brandneues Modell. Ich hatte die Dinger gerade auf einem Werbeplakat gesehen. Die Jungs guckten anerkennend, die Mädchen gackerten, obwohl es gar nichts zu gackern gab. Juna lungerte in Marvins Nähe herum und sah aus, als hätte sie gerade den totalen Hormonflash. Echt übel. Mir reichte es. Egal wie sehr ich mich anstrengte, Marvin war mir immer einen Schritt voraus.
„Alter, mach dir nichts draus“, raunte Luis mir zu. Er hatte mitbekommen, wie mies ich plötzlich drauf war.
Wir gingen zu Benno und August rüber, die eine Literflasche Underberg-Cola rumgehen ließen. Ziemlich ekliges Zeug. Die ersten Schlucke

kosteten mich immer Überwindung, aber nach und nach gewöhnte ich mich dran. Meine Laune wurde immer besser und irgendwann war alles nur noch voll witzig.
Während die Flasche die Runde machte, schwärmte Benno von einer neuen Sneaker-Marke. *Cool-X* oder so. Kannte ich nicht. Nie gehört. War wahrscheinlich so ein Promi-Ding.
„Kosten ja auch nur schlappe dreihundert“, warf August grinsend ein.
„Alles klar“, sagte ich. „Dann wissen wir ja, wer sie demnächst garantiert hat. Und damit die Mädchen beeindruckt.“
Benno boxte mich auf den Arm. „Du hast ja nur Angst, dass er dir Juna vor der Nase wegschnappt.“
Ich drohte ihm mit der Flasche, die gerade bei mir angekommen war.
Ich hätte es auch abstreiten können, aber anscheinend sah man mir meine Verknalltheit sowieso auf hundert Kilometer an. Außerdem waren Benno und August korrekte Kumpel. Auf die konnte man sich verlassen.
Schon kurze Zeit später zeigte die Underberg-Cola noch mehr Wirkung. Ich fühlte mich leicht, als würde ich an Heliumballons knapp über dem

Boden schweben. Mit der Flasche in der Hand steuerte ich auf die Mädchengruppe zu. Marvin war zum Glück nirgends zu sehen.
Zoe erzählte gerade von einem krassen, ziemlich blutigen Zombie-Film, den man angeblich gesehen haben musste. Melanie war noch unentschlossen, ob sie mitgehen wollte. Juna sagte gar nichts, sie stand nur da, nickte zum Beat der Musik und lächelte selig.
Keine Ahnung, was in meinem Underberg-Cola-benebelten Hirn vorging, als ich sagte: „Wollt ihr rein? Braucht ihr einen, der euch beschützt?"
„Äh", machte Zoe, als ich bereits fortfuhr: „Ich lade euch ein!"
„Ey, cool!" Juna warf mir einen Blick zu, der Schmetterlinge in meinem Magen aufflattern ließ.
Melanie kicherte leise. „Mit oder ohne Popcorn?"
„Mit. Logo. 'ne Cola gibt's auch." Ich deutete auf die Flasche in meiner Hand.
Wir klatschten ab. Sache geritzt. Dann sah ich, dass Mr Surfermatte im Anmarsch war, und machte blitzschnell den Abflug. Und eine Stimme in mir flüsterte mir zu, dass ich gerade etwas richtig Cooles getan hatte.

7.

Als ich am nächsten Morgen aufwachte, dröhnte mein Schädel. Ehrlich, er flog mir fast weg. Ich drehte mich auf die andere Seite, schlief noch eine Runde. Erst gegen Mittag war ich wieder halbwegs klar. Beim Blick in den Spiegel wurde mir bewusst, dass ich nicht nur ein Loser, sondern auch noch ein Vollidiot war. Im Ernst, ich hatte null Cent in der Tasche, dafür aber gleich drei Mädchen ins Kino eingeladen! Popcorn und Cola inklusive. Wie bescheuert konnte man eigentlich sein?

Ich schmiss meinen Hirnkasten an. Als ich das letzte Mal im Kino war, war ich knapp zwanzig Euro losgeworden. Das Ganze mal vier machte achtzig Euro. Achtzig Euro für einen einzigen Kinonachmittag!

Mir wurde schlecht. Ich rannte zum Klo, aber als ich dort ankam, war die Übelkeit schon wieder weg.

„Paul?“, rief meine Mutter aus der Küche.

„Willst du noch frühstücken oder isst du gleich mit uns Suppe?"
„Suppe", erwiderte ich und schlurfte zurück in mein Zimmer. Dort setzte ich mich an den Schreibtisch und fuhr den Rechner hoch. Ich checkte die Kinopreise im Internet, rechnete hin und her und überlegte, welche die billigste Möglichkeit war. Dienstag war Kinotag. Da kostete die Karte sechs fünfzig.
Sechs fünfzig mal vier machte sechsundzwanzig. Plus vier Cola zu fünf fünfzig machte achtundvierzig.
Plus eine Riesenportion Popcorn für alle zu sieben Euro machte fünfundfünfzig.
Fünfundfünfzig klang besser als achtzig. Aber für jemanden, der null Cent hatte, waren fünfundfünfzig Euro trotzdem viel. Viel zu viel.
Beim Mittagessen – ich war wohl immer noch käseweiß – sagte ich es einfach. Dass ich einen Vorschuss auf mein nächstes Taschengeld bräuchte.
„Paul", sagte meine Mutter und ihre Stimme ließ die Suppe in meinem Teller zu Eiswürfeln gefrieren. „Das ist ja wohl nicht dein Ernst. Du hast gerade erst Taschengeld gekriegt. Du musst endlich lernen mit deinem Geld auszukommen!"

„Meine ich aber auch“, pflichtete mein Vater ihr bei und stand auf. „Wo soll das denn noch hinführen?“
Mein Vater ging raus, meine Mutter kochte sich einen Kaffee und ich saß wie der hinterletzte Konsum-Zombie da.
Verdammter Mist!
Irgendeine andere Lösung musste her. Ich brauchte Geld! *Media Entertainment*, wo ich in den letzten Ferien als Bühnenaufbauer gejobbt hatte, war pleite. Seitdem hatte ich überall im Ort rumgefragt, aber bisher noch keinen Ersatzjob an Land gezogen.
Oma Brigitte.
Sie war die Einzige, die mir aus der Patsche helfen konnte. Weil ich mir keinen anderen Rat wusste, radelte ich zu ihr hin.
Schon im Hausflur roch es nach frisch gebackenem Kuchen. Er war noch lauwarm, als wir ihn in ihrem Wohnzimmer aßen. Streuselkuchen, voll lecker. Peppermint strich um meine Beine.
„Schick, schick“, sagte Oma Brigitte mit Blick auf meine Kopfhörer, die ich auf meinen Schultern geparkt hatte. Und einen Moment später: „Aber dass die so teuer sind!“

Ich nickte nur. Was hätte ich auch darauf sagen sollen?
Dann fragte sie mich nach Juna. Wie es im Moment mit ihr laufen würde.
„Ganz okay", nuschelte ich. „Nächste Woche gehen wir ins Kino."
„Ach, wirklich, Paul? Das freut mich aber!"
Ich pulte die Streusel vom Kuchen.
„Na, sag mal!" Sie stupste mich an. „Du freust dich ja gar nicht richtig."
„Doch, tu ich." Ich guckte Oma an, und weil sie mich irgendwie aufmunternd anlächelte, sagte ich: „Ich hab kein Geld mehr. Dabei möchte ich Juna so gerne einladen."
Omas Kopf wackelte hin und her.
Das heißt, ich hab's ihr schon versprochen", fuhr ich fort. „Und ihren beiden Freundinnen auch."
Ich war immer leiser geworden, jetzt war es totenstill im Wohnzimmer. Nur die Uhr tickte wie immer vor sich hin.
„Du willst drei Mädchen auf einmal ins Kino einladen?"
Ich nickte.
„Paul, das ist wirklich sehr großzügig von dir, aber so was kann man doch nicht machen, wenn man kein Geld hat."

„Weiß ich ja." Ich pflückte unsichtbare Fussel von meinen Jeans, dann streichelte ich Peppermint. „So wie's aussieht, hab ich nicht mal Geld für meine eigene Karte."

„Und was soll der Spaß kosten?"

„Fünfzig."

„Fünfzig?!" Omas Stimme klang so kratzig, als wären ihre Stimmbänder eingerostet.

Dann schwieg sie.

Und noch während ich überlegte, ob ich gestehen sollte, dass das alles nur im Suff passiert war, stand sie auf und ging raus. Einen Augenblick später kam sie mit einem Fuffi zurück.

„Aber nicht, dass das zur Gewohnheit wird", sagte sie, als sie ihn mir in die Hand drückte. „So üppig ist meine Rente nun auch wieder nicht."

„Versprochen, Oma!"

Ich aß noch zwei Stück Kuchen, und als ich kurz darauf aufbrach, war ich so glücklich wie schon lange nicht mehr. Meine Oma war die Allerbeste! Und von allen Menschen, die mal in den Himmel kamen, würde sie den Platz mit der schönsten Aussicht bekommen.

8.

Ich ging ins Kino. Nur ins Kino. Wie viele Male zuvor. Bloß mit dem Unterschied, dass ich mir vor Angst fast in die Hosen machte. Was daran lag, dass ich noch nie mit drei Mädchen ins Kino gegangen war. Und Juna dabei sein würde. Und das doch eine ziemlich aufregende Sache war.
Luis hatte sich angeboten mitzukommen. Um mir beizustehen oder so. War ja total nett von ihm, aber da musste ich jetzt allein durch. Schließlich hatte ich mir die Angeber-Nummer selbst eingebrockt.
Melanie, Juna und Zoe. Die drei hockten schon auf der Treppe zum Kino, als ich lässig wie ein Cowboy angestiefelt kam. Ich hatte mir den Gang bei Marvin abgeguckt. Echt jetzt. Immer wieder hatte ich ihn heimlich beobachtet. Und nun hoffte ich, dass die Mädchen drauf abfuhren. Auch wenn bei mir die blonde Surfermatte fehlte.
Mein Auftritt schien aber keinen besonderen

Eindruck auf sie zu machen. Sie sagten nur kurz Hallo, dann steckten sie wieder die Köpfe zusammen und tuschelten. Und auch später, als wir in den flauschigen Kinosesseln lümmelten, waren sie mehr mit sich und dem Popcorn beschäftigt als mit mir.
Zum Glück hatte ich wenigstens den Platz neben Juna ergattert. Ich spürte ihren Arm an meinem und ihr zitroniger Duft wehte zu mir herüber. Mit der anderen Hand griff sie in die Popcorntüte, die Melanie ihr hinhielt. Die beiden quatschten die ganze Zeit, ohne mich auch nur einmal anzusehen. Das fand ich ziemlich daneben. Schließlich hatte ich sie eingeladen und jetzt behandelten sie mich wie Luft.
Weil ich nicht wusste, was ich sonst tun sollte, daddelte ich auf meinem Smartphone. Dann wurde es endlich dunkel im Saal. Ich liebte den Moment, wenn die Werbung anfing. In diesen Sekunden war alles ganz weit weg. Die Hausaufgaben, die ich noch nicht gemacht hatte. Meine Geldsorgen. Und Mr Surfermatte sowieso. Juna hielt mir die Popcorntüte hin, aber ich hatte null Appetit. So dicht neben ihr zu sitzen war so aufregend, dass ich nicht mal an Essen denken konnte.

Sie beugte sich zu mir rüber und ich konnte ihren Popcornatem riechen, als sie sagte: „Das war echt eine coole Idee von dir, Paul! Danke noch mal."
„Äh, gerne, kein Ding", stotterte ich und bekam – voll peinlich – einen Ständer.
Zum Glück war es dunkel. Sie konnte es nicht sehen. Niemand konnte es sehen! Trotzdem breitete ich vorsichtshalber meine Jacke über dem Schoß aus. Ich dachte an eine eiskalte Dusche und unsere Deutschlehrerin Frau Hönig und die Latte war zum Glück wieder weg.
Tja, der Film ...
Ehrlich gesagt bekam ich kaum was davon mit. Weil ich wegen Juna so neben der Spur war.
Sie saß da und atmete.
Ihre Finger berührten (wohl aus Versehen) meine.
Und dann passierte es: Das eklige Monster krallte sich die hübsche College-Studentin. Und während es dem Mädchen ein Stück Fleisch aus der Schulter riss (was echt voll widerlich war), beugte sich Juna zu mir rüber, vergrub ihren Kopf an meiner Schulter und atmete heiß in mein Shirt.
Logisch bekam ich wieder einen Ständer.

Gleichzeitig dachte ich, ich müsste ohnmächtig werden. Einfach weil es sich so megasexy anfühlte.
Okay, vorab: Ich wurde nicht ohnmächtig. Und ich fiel auch nicht über Juna her. Ich stellte mir einen Mikromoment lang vor, was Marvin an meiner Stelle getan hätte. Oder eben ein anderer Typ, der voll cool war und nicht nur an seinen peinlichen Ständer dachte.
Und dann ging es ganz automatisch: Ich legte meinen Arm um sie. Und sie ließ es sich gefallen, dass ich sie vor der bösen Kinoleinwand beschützte.
Gefühlte Ewigkeiten später lief der Abspann. Juna seufzte, zog sich aus meinem Arm zurück und strich sich die Haare glatt. Dann sagte sie total neutral: „Cooler Film."
„Fand ich auch", bestätigte ich, woraufhin Melanie Juna etwas ins Ohr flüsterte.
Als wir aus dem Kinosaal kamen, mussten die Mädels erst mal aufs Klo. Zu dritt – typisch. Ich stand eine Weile unschlüssig im Foyer und glotzte in der Gegend rum. Okay, ich hätte auch einfach abhauen können, aber vielleicht wollten die drei ja noch was unternehmen. Mit mir. Junas Beschützer.

Also wartete ich. Und wartete. Und kam mir schon reichlich dämlich dabei vor. Vielleicht hatten sie ja einen Hinterausgang genommen und waren längst ab durch die Mitte.
„Ey, du bist ja noch da“, sagte Juna, als sie mit Melanie und Zoe endlich aus dem Klo kam. Ihre beiden Freundinnen waren voll fett mit Lippenstift angepinselt. Hatten sie etwa noch was vor, wo sie mich nicht dabeihaben wollten?
„Danke noch mal“, sagte Zoe beim Rausgehen. Im nächsten Moment hakte sie sich bei Melanie unter und die beiden trabten Richtung Bushaltestelle davon.
„Die wollen noch Mathe machen“, erklärte Juna.
„Und wozu schminken die sich dann?“
Juna grinste. „Das verstehst du nicht, Paul.“
Nee, aber man könnte mich ja mal aufklären, dachte ich.
„Ich muss dann auch nach Hause“, fuhr sie fort.
Mist. Wieso sagte sie das jetzt? Warum schlug sie nicht einen Spaziergang am Weiher vor? Mädchen standen doch auf romantisches Zeugs.
„Soll ich dich bringen?“, fragte ich. Genau wie neulich nach dem Konzert. Paul, der Gentleman. Ich rechnete schon mit dem Schlimmsten, doch dann sagte sie einfach nur: „Klar, gerne.“

Klar, gerne!
Wow ... Vielleicht hatte ich ja damit gepunktet, dass ich im Kino meinen Arm um sie gelegt hatte. Ich dankte Oma Brigitte im Stillen, dass sie mir die Kohle gegeben hatte. Weil jetzt alles möglich war. Wirklich alles!
Juna ging zu ihrem Rad rüber und auch ich schloss meins auf.
Und dann fuhren wir nebeneinander her. Durch die vorfrühlingshafte Luft. Junas Haare flattern. Und ich war so megahappy, dass ich aufpassen musste nicht ständig zu ihr rüberzugucken und womöglich noch irgendwo gegenzudonnern.
Knappe zehn Minuten später bog Juna in den Heuweg ein und bremste vor einem ockerfarbenen Einfamilienhaus.
„Hier wohnst du?“, fragte ich überflüssigerweise.
Juna grinste schief. „Ja, hier wohne ich.“
Ich stieg ab und schob das Rad zu ihr rüber. Keine Ahnung, warum ich es nicht kurz abstellte. Um die Hände frei zu haben und *es* zu tun. Also, sie zu küssen.
Wir guckten uns an. Irgendwie ziemlich intensiv. Ein paar Sekunden ging das so und irgendwas flackerte in Junas grünen Augen.
Mach schon, Paul!, bellte eine Stimme in mir,

doch da trat sie einen Schritt zurück und sagte:
„Danke für die Einladung. War echt nett."
Sie winkte, schob ihr Rad die Einfahrt hoch und ich blieb wie der trotteligste aller Obertrottel zurück.

9.

Tolle Leistung, Paul! Gut gemacht! Bravo! Wieso musste ich immer im entscheidenden Augenblick versagen? Marvin hätte garantiert nicht lange gefackelt. Und ich? Tat nichts und ließ sie ins Haus gehen.
Ich redete mir ein, dass es vielleicht doch nicht der richtige Moment gewesen war. Oder Juna mich nicht unbedingt vor dem Wohnzimmerfenster ihrer Eltern küssen wollte. Was ich total nachvollziehen konnte. Oder aber – und das wäre das Schlimmste – sie stand doch nicht auf mich. Sie hatte sich im Kino nur an mich geschmiegt, weil der Film echt krass war. Und es hätte auch keinen Unterschied gemacht, wenn Benno, August oder sonst wer neben ihr gesessen hätte.
Als ich am nächsten Morgen mit Luis in die Klasse kam, standen alle um Marvin rum. Mittendrin Juna. Mit totalem Anhimmelblick. Mr Surfermatte schwafelte und schwafelte und

fuhr sich dabei obermackerwichtig durch die Haare.

„Boah, nee, keinen Bock auf den“, sagte ich zu Luis und schob mich auf meinen Platz. Zum Glück hatte ich meine Kopfhörer auf. Die dämpften das Angeber-Gelaber ein bisschen. Obwohl ich nicht mal Musik hörte.

Während ich meine Schulsachen auspackte, dachte ich daran, wie Juna mich gestern angesehen hatte. Mit diesem Flackern in den Augen. Und ob es wirklich sein konnte, dass ich mich so total in ihr getäuscht hatte.

Luis zeigte mit dem Kinn auf Marvin und ich nahm die Kopfhörer runter.

„Was ’n?!“

„Ihr seid eingeladen!“, tönte Marvin in dieser Sekunde.

Alle johlten, klatschten und trampelten mit den Füßen. Wirklich alle. Und ganz besonders Juna.

„Wohin sind wir eingeladen?“, fragte ich Luis.

„In die Schweiz. Zum Snowboarden.“

„Häh? Wie jetzt?“

„Sein Onkel hat ein Ferienhaus in den Bergen. Das ist anscheinend so groß, dass wir da alle Platz haben.“

„Ihr müsstet nur den Flug nach Zürich, den

Snowboarding-Kurs, den Ski-Pass und ein bisschen Essen zahlen", kam Marvin zum Ende. Statt wie die anderen „Logo!" oder „Wie geil ist das denn!" zu rufen, guckten Luis und ich uns bloß an. War ja klar, dass die Sache einen Haken hatte. Der Trip in die Schweiz kostete Kohle. Und wahrscheinlich ganz schön viel.

Frau Hönig kam rein und endlich beruhigten sich alle wieder. Echt, dieses Marvin-ist-der-Größte-Gehabe konnte einen krass nerven.

„Fährst du mit?", fragte ich Luis, als Frau Hönig etwas an die Tafel schrieb.

„Bescheuert?" Er zeigte mir einen Vogel. „Du weißt doch, dass ich alles für den Führerschein zurücklege."

Klar wusste ich das. Der Führerschein war Luis' großer Traum. Schon immer gewesen. Auch wenn er keine Kohle für ein eigenes Auto hatte und seine Eltern ihn garantiert nicht den Firmenwagen fahren lassen würden.

In der großen Pause schlenderten wir zum Zeitungskiosk rüber. Wir wollten gar nichts kaufen, nur mal raus aus der miefigen Schule. Juna kam mit Melanie und Zoe im Schlepptau hinter uns hergelaufen und rief: „Ist das nicht irre? Voll der Hammer, oder?"

Okay, es war kein Rufen, eher hysterisches Gekreische.
„Was denn?“, stellte ich mich dumm.
„Die Berge! Schweiz! Snowboarding-Kurs!“
„Ach so, ja, cool“, sagte ich, während Luis bloß die Augen verdrehte.
Während Melanie und Zoe im Kiosk verschwanden, um sich Schokoriegel zu kaufen, fragte Juna: „Und? Kommt ihr mit?“
„Nee, keine Kohle“, meinte Luis.
„Und du?“ Ihr Blick ging zu mir.
„Mal sehen“, nuschelte ich. Meine Zunge fühlte sich plötzlich wie ein pelziges Tier an. „Und du?“
„Na, logisch!“ Junas grüne Augen leuchteten. „Ey, Mann, das darf man sich doch nicht entgehen lassen. Das ist *die* Gelegenheit!“
Juna plapperte immer weiter. Sie redete von Seen, schneebedeckten Bergen und Käsefondue, aber ich hörte bloß mit halbem Ohr hin.
Das ist die Gelegenheit. Der Satz hatte sich in mein Hirn gebrannt. Was meinte sie damit? Weil sie auf diese Weise endlich mal in die Schweiz kam? Oder Snowboarden lernen konnte? Oder war das alles nebensächlich und sie wollte nur mit irgendeinem Typen rummachen?

Mit August? (eher nicht)
Mit mir? (vielleicht)
Mit Marvin? (ganz bestimmt!)
Mir wurde schlecht bei dem Gedanken.
Und plötzlich war mir klar, dass ich nur eine Chance hatte. Ich musste mitfahren und Juna endlich rumkriegen, bevor Marvin es tat.

*

Noch am selben Nachmittag stiefelte ich (eine gefälschte Einverständniserklärung von meinen Eltern in der Tasche) ins Reisebüro und fragte nach Flügen. Marvin hatte das erste Wochenende im April vorgeschlagen, das war schon in zweieinhalb Wochen. Freitagnachmittag bis Sonntagabend.
Der billigste Flug nach Zürich: hundertfünfundvierzig Euro. Das war richtig viel Holz. Hinzu kamen alle Extras wie Verbindungszüge, Ski-Pass, Snowboarding-Kurs, Essen ...
Shit, so viel Kohle würde ich in der kurzen Zeit niemals auftreiben können. Oma konnte ich nicht schon wieder anbetteln. Von meinen Eltern war eh nichts zu erwarten. Und einen Job, der

schnell einigermaßen was einbrachte, gab es nicht.
In meiner Not rief ich Luis an. „Alter, ich bin am Ende“, sagte ich statt einer Begrüßung.
Luis gluckste. „Ist doch nichts Neues.“
„Jetzt aber richtig.“
„Was ist los?“
„Ich brauche Geld.“
Ich hörte Luis lauter lachen. „Das ist nun echt nichts Neues!“
Wir schwiegen.
„Wie viel?“
„Hundertfünfundvierzig“, knatterten die Wörter wie aus einem Maschinengewehr hervor. Ich nannte absichtlich nur die Summe für den Flug. Um Luis nicht total zu schocken. Denn hatte ich erst mal den Flug gebucht, würde ich auch noch den Rest irgendwie zusammenschnorren.
Luis stöhnte. „Jetzt sag bitte nicht, du willst mit diesem Idioten in die Schweiz fliegen. Alter, das kannst du vergessen. Für diesen Schwachsinn geb ich dir keinen Cent!“
Shit, abgeschmettert.
Luis war mein bester Freund, mein allerbester Freund, aber mir war klar, dass ich eins nicht konnte: ihm die Wahrheit sagen. Ja, ich wollte

mit dem Idioten in die Schweiz fliegen. Wenn auch nur, um zu verhindern, dass er sich an Juna ranmachte.
Das Gegenteil von *die Wahrheit sagen* war lügen. Ich hatte Luis aber noch nie angelogen, und ich fand es auch mehr als scheiße, so was zu tun. Doch jetzt ging es nicht anders, und noch bevor sich der Moralapostel in mir zu Wort melden konnte, sagte ich das Erstbeste, was mir einfiel: „Mein Handy ist kaputt."
Zum Glück hatte ich meinen Kumpel vom Festnetz aus angerufen.
„Wie, dein Handy ist kaputt?", fragte er.
„Im Klo runtergespült." Die Lüge kam ganz leicht über meine Lippen. Meinem Vater war das tatsächlich mal passiert. Bei der Arbeit. Es musste ihm irgendwie aus der Hosentasche gerutscht sein, und als er es gemerkt hatte, hatte er schon die Spülung gedrückt.
„DU HAST WAS?" Luis lachte auf.
„Ja, Mann, war natürlich keine Absicht."
„Paul, wie bescheuert kann man eigentlich sein?"
„Willst du mir jetzt einen Vortrag halten, oder was?"
Luis grunzte. „Okay, und jetzt brauchst du ein neues. Und deine Eltern sind stinkig."

„Sie sagen, ich hätte besser drauf aufpassen müssen.“
„Klar. Hättest du.“
„Ey, Mann, hilfst du mir jetzt oder nicht?“
„Hm“, machte Luis, aber ich konnte nicht raushören, was für ein *Hm* das war. Ein *Hm, ich überleg's mir*. Oder ein *Hm, das kannst du vergessen*. Oder ein *Hm, na ja, ich hab ja genug Schotter auf dem Konto. Ich leihe es dir.*
„Du kriegst es auch ganz schnell wieder“, sagte ich. „Ich such mir einen Job. Das heißt, eigentlich hab ich schon einen so gut wie sicher. An der Tanke.“
Vor ein paar Monaten hatten sie dort tatsächlich jemanden gebraucht, doch wie es im Moment aussah, wusste ich nicht.
„Was machst du denn da? Autos waschen?“
„Ja, keine Ahnung.“
„Dann ist es also noch nicht hundertpro?“
„Nein“, antwortete ich ehrlich. Irgendwie schaffte ich es nicht, noch eine Lüge draufzusetzen. „Wenn's nicht klappt, trage ich Flyer aus. Hab ich früher ja auch schon gemacht.“
Ich zählte noch zwei weitere *mögliche* Jobs auf, dann hatte ich Luis endlich so weit.

„Reichts dir, wenn ich dir die Kohle morgen in der Schule gebe?“, sagte er.
„Klar!“ Ich war so wahnsinnig glücklich, dass ich fast losgejubelt hätte.
Ich würde Luis das Ganze schon irgendwie noch erklären. Und bis die Reise wirklich losging, dauerte es ja noch ein bisschen.

10.

Aber dann passierte diese total bescheuerte Sache.

Luis gab mir also gleich am nächsten Tag die Kohle, nachmittags besorgte ich das Ticket im Reisebüro und abends trafen wir uns am Kiosk. Einfach nur rumlungern, quatschen und gucken, was so ging.

„Weißt du schon, was für ein Handy du dir holst?", fragte Luis.

Ich zuckte mit den Schultern. Eigentlich wollte ich schnell das Thema wechseln, doch jetzt fing Luis an über die neuesten Smartphone-Modelle zu schwafeln. Welche was taugten und welche nicht. Ich sagte nur „hm" und „aha" und „ist ja interessant", als es plötzlich in meiner Hosentasche losklingelte. Große Scheiße, das war *mein* Klingelton! Keiner sonst hatte dieses Retro-Ring-Ring. Weil alle das voll bescheuert fanden.

Luis starrte mich an.

Ich starrte zurück. Schweißhände total.

Im nächsten Moment lachte er verunsichert auf. „Alter, verarsch mich nicht, du hast schon dein neues Handy?"
„Äh, ja", presste ich nach einer gefühlten Ewigkeit hervor.
„Zeig mal."
„Nee, komm, jetzt nicht."
„Nun zeig doch mal! Ey, du bist so ein Idiot! Ich will doch nur sehen, was für eins du genommen hast."
„Nein, Luis!", sagte ich eine Spur schärfer.
„Jetzt zeig schon her! Ich hab's schließlich bezahlt."
Das war ein schlagkräftiges Argument, und während ich noch überlegte, wie ich aus der Nummer wieder rauskommen sollte, stürzte Luis sich bereits auf mich und zerrte das Handy aus meiner Hosentasche. Einen Moment hielt er es wie eine Trophäe hoch und grinste, doch als er es sich genauer anguckte, klappte ihm der Mund auf.
„Das ist jetzt nicht wahr, oder? Du hast gar kein neues Handy?"
Ich wusste, es wäre sinnlos, weiter herumzueiern. Also erklärte ich Luis, dass ich unbedingt mit zum Snowboarden fahren wollte. Wegen Juna.

„Juna, Juna, Juna!“, bellte er. „Und deswegen musstest du mich so verarschen? Findest du das okay?“
Ich schüttelte den Kopf. „Hör zu, Luis ...“
„Nein, du hörst *mir* jetzt mal zu. In drei Tagen krieg ich mein Geld zurück. Ist das klar?“ Er klang wie mein Vater, wenn der richtig stinkig auf mich war.
„Du weißt, dass das nicht so schnell geht“, wandte ich ein.
„Mir doch egal. Schrubb Autos oder verteil Flyer, Hauptsache, du gibst mir die Kohle. Sonst ...“ Seine Augen funkelten.
„Sonst was?“
„Sonst sind wir die längste Zeit beste Freunde gewesen.“ Er drückte mir die Colaflasche in die Hand, die er eben im Kiosk gekauft hatte. Im nächsten Moment drehte er ab und stiefelte davon.

*

Und dann brachen echt üble Tage an. Seit ich denken konnte, waren Luis und ich beste Kumpel. Allerbeste Kumpel, die sich alles sagen konnten. Die immer zusammenhielten. Die für

einander da waren, wenn es hart auf hart kam. Allein die Vorstellung, dass es nie wieder so sein würde, machte mich ziemlich traurig. Und hilflos. Und wütend.
Meine Eltern ... Sie mussten mir helfen! Wozu waren Eltern denn da, wenn nicht, um ihren Kindern aus der Patsche zu helfen?
Ich wartete bis zum Abendessen. Meine Eltern hatten wegen ihrem Hochzeitstag eine gute Flasche Wein aufgemacht. Beim Hauptgang – es gab Steaks – fragte ich sie, ob sie mir hundertfünfzig Euro vorstrecken könnten.
„Paul“, nölte meine Mutter gleich wieder rum. „Ich komm bei dir offen gestanden nicht mehr mit. Wofür um Himmels willen brauchst du immer dieses ganze Geld? Ich in deinem Alter ...“
Blablabla ... Ich kam mir echt vor wie der hinterletzte Suchti.
Meine Mutter sagte noch was und mein Vater fiel ihr ins Wort, aber ich hatte schon nach ein paar Sekunden abgeschaltet. Weil ich nachdenken musste und das schwer genug war, wenn die Eltern ohne Punkt und Komma redeten. Die Wahrheit wollten sie ja eh nicht hören. Und eine Lüge, die sie mir abkaufen würden, fiel mir auch

nicht ein. Also sagte ich in einer Atempause: „Okay, vergesst es einfach wieder."
Sie wechselten einen überraschten Blick, dann gaben sie zum Glück Ruhe. Sie hatten ja auch sich und ihren edlen Wein und ihr Essen. Ich aß nur schnell auf, dann zog ich mich in mein Zimmer zurück. Ich legte mich aufs Bett, Kopfhörer auf, und starrte an die Decke.
Meine Gedanken wanderten zu Oma Brigitte. Irgendwie taten sie das meistens, wenn ich total am Ende war. Weil sie der einzige Mensch auf der Welt war, bei dem ich den Hauch einer Chance sah.
Ich guckte auf die Uhr: kurz nach sieben. Um diese Zeit schaute Oma immer ihre Lieblingskochsendung. Und danach die Nachrichten. Und dann meistens noch einen Film.
Egal. Ich musste die Sache in Angriff nehmen. Jetzt sofort.
Ich klingelte bei ihr durch.
„Na, mein Schatz, wie geht es dir?", sagte sie mit ihrer lieben Oma-Stimme. Oh shit, ich bekam schon jetzt ein schlechtes Gewissen. Dabei hatte ich noch nicht mal von der Sache mit dem Geld angefangen.

„Äh, nicht so besonders“, murmelte ich.
„Was ist los? Bist du krank?“
„Nein, nicht krank“, sagte ich leise. „Es ist nur ... Das ist jetzt voll peinlich, Oma ... Aber ... äh ...“ Meine Stimme versiegte. Was war ich doch nur für ein feiger Vollidiot! Warum konnte ich nicht einfach sagen: Oma, ich brauch noch mal Geld.
„Paul?“, drang Omas Stimme wie von Weitem an mein Ohr. „Du bist aber nicht wieder pleite, oder?“
„Doch, leider“, presste ich hervor.
Eine kurze Pause trat ein, dann hörte ich Oma lachen.
„Sag das doch gleich, mein Herz! Komm vorbei und ich geb dir was.“
„Äh, ehrlich?“
„Ja, ehrlich. Stell dir vor, ich hab im Lotto gewonnen.“
„Echt?“ Meine Stimme kreischte wie eine E-Gitarre.
„Ja!“ Sie lachte. „Wann willst du kommen?“
„Jetzt gleich?“
Oma hat im Lotto gewonnen, ratterte es durch mein Hirn. Das war der Oberhammer. Der Megakracher. Der absolute Wahnsinn.

„Du hast es aber eilig."
„Dann können wir noch einen Film gucken", schob ich hinterher. Ich wollte es nicht so aussehen lassen, als sei ich nur hinter ihrem Geld her.

*

Zwanzig Minuten später klingelte ich bei ihr. Ich hatte bloß kurz meinen Eltern Bescheid gesagt und mich aufs Rad geschwungen.
In der Glotze lief ein total schmalziger Liebesfilm, der mich nicht die Bohne interessierte. Oma dafür umso mehr. Sie hatte eine Flasche Sekt aufgemacht, schenkte sogar mir ein halbes Glas ein und dann guckten wir diesen echt peinlichen Film. Ich mit Peppermint auf dem Schoß. Irgendwie war von Anfang an klar, dass der gut aussehende Arzt die gut aussehende Arzthelferin kriegen würde. Oder sie ihn. Und während wir den Blick auf die Mattscheibe geheftet hatten, fragte ich mich die ganze Zeit, wieso Oma eigentlich nichts zu ihrem Lottogewinn sagte.
In der Werbepause stand sie auf und kam mit ihrer Geldbörse zurück.

Ein Grinsen schlich sich in mein Gesicht. Hoffentlich sah ich nicht allzu raffgierig aus.
„Hier, mein Schatz“, sagte sie und drückte mir zwei Zwanziger und einen Zehner in die Hand. Shit, nur fünfzig Euro? Ich hatte ehrlich gesagt mit ein bisschen mehr gerechnet. Oma schwamm doch jetzt in Geld!
„Kauf dir was Schönes“, fügte sie hinzu.
„Danke“, murmelte ich. Ich musste mich ziemlich anstrengen mir meine Enttäuschung nicht anmerken zu lassen. Ehrlich, ich kapierte das auch gar nicht. Oma Brigitte war alles andere als knauserig. Und wenn sie nun schon mal richtig Kohle gewonnen hatte, konnte sie mir doch zumindest ein paar Hundert Euro davon abgeben.
Der Film ging weiter. Oma schenkte uns Sekt nach, aber mir war jetzt schon schlecht. Dieses verdammte Geld! Nie reichte es! Und ich fragte mich, wie die anderen das machten. Wieso die immer alles hatten, überall mitmischen konnten. Oma bekam gar nicht mit, wie meine Laune immer mehr in den Keller rauschte. Der Film schien sie total zu fesseln. Sie nippte am Sekt, und als sich das Liebespaar küsste, seufzte sie leise.

In der zweiten Werbepause musste sie aufs Klo. „Ruf mich, wenn es weitergeht“, sagte sie und schlurfte hinaus.
Irgendein Spot flimmerte über den Bildschirm. Ein paar superreiche, superschöne Leute fuhren durch eine superschöne Landschaft. Boah, so viel Schotter würde ich auch mal haben wollen! Mein Blick fiel auf Omas Geldbörse, die in die Sofaritze gerutscht war. Dieses mir so vertraute braune Portemonnaie. Es war an den Ecken etwas abgeschabt und das Leder glänzte.
Ich schubste Peppermint sanft von meinem Schoß und griff danach. Einfach nur so. Mal gucken, ob der Lottoschein drin war. Und wie viel Bargeld Oma im Haus hatte.
Den Lottoschein fand ich nicht, dafür aber jede Menge Kohle. Es mussten an die vierhundert Euro sein.
Ich hörte die Spülung rauschen und dann tat ich es einfach. Ich schnappte mir zwei Fünfziger und ließ sie – *zack* – in meine Hosentasche wandern. Portemonnaie zu. Ich stopfte es zurück in die Sofaritze, im nächsten Moment war Oma auch schon wieder da.
Mein Herz raste absurd schnell.
Es überschlug sich fast.

Oma hat doch jetzt so viel Kies, redete ich mir gut zu. Die zwei fehlenden Scheinchen, das checkt sie doch gar nicht.
„Paul?“ Oma blieb am Wohnzimmertisch stehen und musterte mich besorgt. „Ist dir nicht gut?“
„Äh, doch?“, sagte ich und merkte erst jetzt, wie zittrig ich war.
„Du bist so blass.“
„Der Sekt“, log ich. „Trink so was ja sonst nicht.“
„Ach du liebes bisschen!“ Oma schlug die Hände vors Gesicht. „Ich mach meinen Enkel betrunken. Das tut mir leid! Soll ich deinen Vater anrufen, damit er dich gleich abholt?“
„Nee, geht schon wieder“, sagte ich und stand auf. Meine Beine waren kaugummiweich. Als hätte ich mehrere Underberg-Cola getankt.
Oma kam mit auf den Flur. Sie strich mir über den Kopf, kniff in meine Wange und tätschelte mir den Nacken. So wie früher, als ich noch ihr *Paulchen* war.
Aber ich wollte nur noch weg. So schnell wie möglich. Am besten in Überschallgeschwindigkeit. Ich griff nach meiner Jacke, schlüpfte hinein und in dieser Sekunde sah ich den verdammten Lottozettel auf der Kommode liegen.

GEWINNAUSZAHLUNG stand oben drüber.
Und darunter der Auszahlungsbetrag.
Elf Euro zwanzig.
In meinen Ohren fing es an zu rauschen.
Oma hatte elf Euro zwanzig gewonnen und ich hatte ihr einen Hunni geklaut.
Das war so ein mieses Gefühl, dass ich in Schlangenlinien nach Hause radelte und hoffte, irgendein Laster würde aus Versehen über mich drüberbrettern.

11.

Ich schlief total schlecht die Nacht. Ein Albtraum jagte den nächsten. Mal trudelte ich mit einer Tüte Chips und einem Bier durchs schwarze Weltall, mal stürzte ich kopfüber in eine Schlucht. Aber am schlimmsten war es, als ich im Traum bei Oma Brigitte klingelte und mir plötzlich Peppermint fauchend ins Gesicht sprang.

Als ich aufwachte, fühlte ich mich wie gerädert. Es ging mir so ultramies, dass ich mir selbst das Versprechen gab, Oma das Geld nach und nach heimlich ins Portemonnaie zurückzuschmuggeln. Nach dem Schweiz-Trip würde ich anfangen zu sparen. Jeden verdammten Cent würde ich zurücklegen und irgendwann wäre alles wieder gut.

„Ey, Mann, so dringend war das nun auch nicht mit der Kohle“, sagte Luis, als ich ihm in der Pause das Geld gab. „Ich weiß ja, dass ich's wiederkrieg.“

Ehrlich, ich war ganz schön angepisst. Gestern noch hatte er mir die Pistole auf die Brust gesetzt. Und jetzt kam er mit so einem Spruch um die Ecke. So ein Idiot! Nie im Leben hätte ich Oma beklaut. Weil es das Hinterletzte war, jemanden zu beklauen, den man so lieb hatte wie ich meine Oma.

Der Schultag ging so lala rum – wir schrieben Englisch –, doch als ich am frühen Nachmittag im Schulbus saß, klingelte mein Handy.

Oma Brigitte. Schock!

„Paul", sagte sie mit Eisesstimme. „Hast du gedacht, deine Großmutter ist ein bisschen blöd und merkt es nicht?"

„Äh, wie, was?", stotterte ich.

Sie seufzte. „Ich würde es nur gerne verstehen, Paul, hörst du? Du warst immer mein Ein und Alles, mein Paulchen. Seit du auf der Welt bist. Ich kenne keinen Menschen, der mir nähersteht, den ich lieber um mich habe und ..." Sie brach ab.

Mein Herz hämmerte und mir wurde kotzübel.

„Hör zu, Paul", fuhr sie fort. „Ich komme heute Nachmittag bei euch vorbei und dann reden wir. Deine Eltern wissen schon Bescheid."

„Okay", murmelte ich, da hatte sie schon aufgelegt.

Weg war sie. Ich fuhr durch diesen geilen Frühlingstag, aber in mir fühlte sich alles wie tot an. Wie sollte ich aus dem Schlamassel nur wieder rauskommen?
An der nächsten Station stieg ich aus und lief los. Immer geradeaus. Keine Ahnung, wohin mich meine Beine tragen würden. Mein Handy klingelte ein paarmal, aber ich ging nicht ran. Ich guckte nicht mal nach, wer angerufen hatte. Eine halbe Stunde später stand ich plötzlich vor Luis' Haus, als hätte mich jemand da hingebeamt. Ehrlich, ich hatte keinen Schimmer, wie ich dort gelandet war.
Ich klingelte. Luis machte auf und ich keuchte: „Alter, du musst mir helfen, bitte!"

*

Freundschaft heißt verzeihen.
Okay, das war nur so ein blöder Spruch, den mal jemand an die Wand im Schulklo gekritzelt hatte. Aber ich hatte ihn x-mal gelesen, und jetzt wusste ich, dass er stimmte. Luis hatte mir verziehen. Nachdem ich ihm alles erklärt hatte, sagte er: „Ich komm natürlich mit. Ich lass dich doch nicht hängen."

Das war nur gut so, denn als wir wenig später bei uns zu Hause aufliefen, war Oma Brigitte schon da. Und dann gab es erst mal ein Riesendonnerwetter.
Meine Mutter meckerte und motzte.
Mein Vater, der extra früher aus dem Brillenladen gekommen war, meckerte und motzte.
Oma guckte glasig, als hätte sie ein paar Gläser Sekt intus.
Und ich saß wie das Opfer neben Luis und sagte keinen Ton. Ich konnte nichts sagen. Weil meine Kehle wie zugeschnürt war. Ich schämte mich. Und wünschte, ich hätte niemals in Omas Portemonnaie gegriffen.
„Also – was hast du dir dabei gedacht?“, fragte meine Mutter.
„Äh, nichts“, murmelte ich und starrte auf meine Knie.
„Nichts“, wiederholte sie.
„Nichts?“, fragte Oma, während mein Vater einen Grunzer ausstieß, der wie ein Donnergrollen klang.
Luis stieß mich an. „Soll ich?“
Ich nickte. Ich war so froh, dass er mitgekommen war. Und dass er ein paar Sätze vernünftig am

Stück sprechen konnte. Er erzählte von Marvin, von den coolen Sachen, die er immer hatte. Und von dessen Einladung zum Snowboarden in die Schweiz am übernächsten Wochenende. Und dass viele aus unserer Klasse bei dem Trip mit dabei sein würden.
„Ein Wochenendtrip in die Schweiz?“ Meine Mutter lachte schrill auf.
„Ja, und Paul will unbedingt mit“, sagte Luis.
Mein Vater zog eine Runzelstirn. „Paul, glaubst du allen Ernstes, du kannst einfach so übers Wochenende in die Schweiz jetten? Du bist sechzehn!“
„Ich weiß selbst, wie alt ich bin.“ Okay, das hätte ich jetzt besser nicht sagen sollen.
„Haben wir vielleicht eine Gelddruckmaschine im Keller?“ Die Stirn meines Vaters wurde noch runzliger. „Nein, haben wir nicht.“
War ja klar. Wenn's um meine Wünsche ging, waren wir jedes Mal arm wie Kirchenmäuse. Obwohl Papa als Optiker nicht schlecht verdiente und Mama ihren Job in der Buchhandlung hatte.
„Und du, Luis?“, fragte meine Mutter. „Fährst du mit?“
Luis schüttelte den Kopf.

„Na, Gott sei Dank!“ Mein Vater fuchtelte mit den Händen. „Wenigstens einer, der vernünftig ist.“
Ich guckte zu Oma rüber, die immer noch glasig vor sich hin stierte. Mann, wie verkorkst doch alles war! Am liebsten hätte ich meine Eltern weggeschickt und dann hätte ich mich an Omas Arm gekuschelt und vielleicht hätte sie mir ja sogar verziehen. Aber das ging natürlich nicht. Ich befand mich ja noch mitten im Kreuzverhör.
„Also gut“, sagte mein Vater. „Das hätten wir dann geklärt. Du fährst nicht mit und gibst Oma das Geld zurück.“
Stille.
Niemand sagte ein Wort.
„Hast du gehört, Paul?“, fragte meine Mutter.
Ich nickte.
Mein Vater streckte seine Hand aus. „Dann mal her damit.“
Die Schlinge zog sich immer fester um meinen Hals. Das war im Krimi der Moment, in dem meistens ein Schuss fiel und der Held von jemandem, den man gar nicht mehr auf der Pfanne hatte, gerettet wurde.
„Paul?“
„Ich hab's nicht“, murmelte ich.

„Wie, du hast es nicht?"
Meine Lippen klebten fest zusammen. Ich sah bittend zu Luis rüber, der daraufhin sagte: „Paul hat schon das Flugticket gekauft."
Mein Vater fuhr vom Stuhl hoch. „Das ist jetzt nicht dein Ernst!"
„Dann gibst du das Ticket eben zurück!", schrie meine Mutter.
Ich schrumpfte um mindestens zwei Zentimeter, als ich erklärte, ich hätte das billigste Ticket genommen und würde die Kohle sowieso nicht wiederkriegen.
Logisch, dass das Gemecker und Gemotze jetzt erst richtig losging. Wie ich überhaupt an das Ticket gekommen sei? Mit gerade mal sechzehn. Die Reise sei auf jeden Fall gestrichen. Und ich müsste jeden einzelnen Cent bei Oma abstottern.
Ich saß nur da, starrte einen Fussel auf meinen Jeans an und stotterte ein paar Halbsätze. Reisebüro, nette Frau, hatte nicht nach meinem Alter gefragt ... Dabei wagte ich es nicht, Oma anzusehen. Sie hatte mir vertraut. Die ganze Zeit. Und ich hatte ihre Gutgläubigkeit schamlos ausgenutzt.
Und dann heulte ich los. Ich konnte gar nicht mehr damit aufhören.

Peinlich war das.
Aber irgendwie auch befreiend.
Schließlich guckte ich doch zu Oma rüber und sah, dass sie mich total traurig anschaute.

12.

Ein paar wirklich miese Tage vergingen. Ich litt wie ein Hund. Schuld daran war eine Grippe, die mich über eine Woche ans Bett fesselte.
Außerdem hatte ich Smartphone- und Computerverbot. Einen ganzen Monat lang.
Okay, ich hatte Mist gebaut, aber vier Wochen waren echt hart. Höchststrafe! Ich konnte nicht mal in unserer WhatsApp-Gruppe die Hausaufgaben nachgucken oder ein paar Handyspiele zocken.
Meine Eltern verstanden nicht, wo das Problem war. Ich sei krank und solle in dem Zustand weder auf dem Handy daddeln noch lernen.
Außerdem würde mir Luis sowieso die Hausaufgaben vorbeibringen.
Das stimmte. Jeden Nachmittag fläzte er sich in meinen Sessel und erzählte, was in der Schule so abging. Okay, es passierte nicht besonders viel.
Außer, dass sich ein Drittel der Klasse wie irre auf die Skireise freute. Melanie und Benno

fuhren mit, Zoe wohl auch, nur Juna erwähnte Paul mit keinem Wort.
„Sie fährt doch mit, oder?“, fragte ich Luis wieder und wieder.
Mal zuckte er mit den Schultern, mal grinste er schief, mal sagte er gar nichts. Und da ich nicht blöd war, wusste ich natürlich, dass sein Geeiere nur *ja* bedeuten konnte.

*

Am Samstag darauf wachte ich gegen neun auf und fühlte mich, als könnte ich Bäume ausreißen. Kein Fieber, das erste Mal seit einer Woche. Doch als ich aus dem Bett springen wollte, fiel mir die Skireise ein. Und dass Juna und Marvin schon zusammen beim Frühstück saßen und er in ihre krass grünen Augen guckte. Laune verhagelt.
Ich sank zurück in die Kissen, schlief bis elf, danach duschte ich heiß und ging in die Küche, wo meine Mutter schon das Mittagessen vorbereitete.
„Geht's dir besser?“, fragte sie und lächelte mich das erste Mal seit Tagen wieder an.
Ich nickte.

Meine Mutter schien das in echte Hochstimmung zu versetzen. Während ich ein halbes Brötchen frühstückte, laberte sie ununterbrochen. Keine Ahnung, worum es eigentlich ging, ich hörte bloß mit halbem Ohr hin. In mir arbeitete es. Mama hatte gute Laune. So gute Laune, dass ich sie vielleicht bequatschen konnte, wenigstens das Handyverbot zu lockern. Einfach, um wieder auf Sendung zu sein. Wenn ich schon nicht live dabei sein konnte. Und um Juna zu schreiben und ihr eine schöne Zeit zu wünschen. Okay, das wäre zwar nicht ganz ehrlich von mir gewesen, aber sie sollte merken, dass es mich noch gab. Neben Marvin und der Wahnsinns-Skihütte seines Onkels.

Doch daraus wurde nichts. Denn kaum hatte ich den Satz angefangen („Mama, kann ich vielleicht wieder mein Handy ...“), gingen bei ihr schon die Lichter aus.

„Nein, kannst du nicht“, schnappte sie. „Du bist wieder gesund, das ist schön. Aber damit ist die Sache mit Oma noch lange nicht vergessen.“

„Äh, ja“, stöhnte ich und stand auf.

„Wo willst du denn jetzt hin?“

„Raus“, sagte ich, schnappte mir meine Jacke und ließ die Tür hinter mir ins Schloss fallen.

Ich wollte einfach nur weg. Am besten nach Australien oder Amerika. Wo es keine sturen Eltern gab, keine megareichen Angeber-Marvins und auch keine Junas, die mich so bescheuert verliebt machten.
Ich schnappte mir mein Rad und düste los.
Zu Luis? Keinen Bock.
Wenn ich ehrlich war, hatte ich auf nichts Bock. Nicht mal auf Radfahren und mir den Wind um die Nase wehen zu lassen. Weil immer derselbe Film in meinem Kopf ablief. Juna und Marvin. Marvin und Juna. Mal stapften sie Händchen haltend durch den Schnee. Mal lächelten sie sich verliebt an. Und die allerschlimmste Vorstellung war, dass sie sich küssten.
Eine Weile fuhr ich einfach nur so durch die Gegend. Ohne ein bestimmtes Ziel. Ich gab richtig Gas. Raste im Strom der Autos, bis ich schließlich – schon nass geschwitzt – in Oma Brigittes Straße einbog.
Ich bremste vor ihrem Haus und guckte, ob sich was hinter der Küchengardine bewegte. Aber ich sah nichts. Keinen Schatten, nichts.
„Paul, was machst du hier?"
Ich drehte mich um. Oma kam mit zwei proppevollen Einkaufstaschen auf mich zu.

„Äh, ich dachte ...“, stotterte ich, wusste aber irgendwie nicht weiter.
„Bist du wieder gesund?“
„Nur noch ein bisschen Husten. Soll ich dir helfen?“
Sie nickte. Ich schloss mein Rad ab, dann trug ich die fetten Einkaufstaschen in die Wohnung und stellte sie in der Küche ab.
„Danke, Paul“, sagte sie. Die ganze Wärme, die sonst in ihrer Stimme lag, war weg. Eisklotz-Oma. Und ich war schuld daran.
„Magst du noch ein bisschen bleiben?“, fragte sie, während ich ihr aus dem Mantel half. Die ganze Zeit hatte sie ihre Geldbörse in der Hand. Als könnte ich sie ihr entreißen und damit wegrennen.
„Oma, das tut mir alles so leid“, sagte ich und deutete mit dem Kinn auf das Portemonnaie. „So was mach ich nie wieder. Ich schwöre.“
„Das will ich dir auch geraten haben“, sagte Oma und ging vor in die Küche. Dort legte sie ihre Geldbörse in den Schrank. „Hast du Hunger?“
Ich schüttelte den Kopf. Das halbe Brötchen von vorhin lag mir irgendwie quer im Magen.
„Ich aber“, sagte sie.
Ich setzte mich auf den Hocker am Fenster, dann

sah ich Oma bei der Arbeit zu. Sie setzte Kartoffeln auf, bereitete frischen Spinat zu und briet Spiegeleier. Zwischendurch deckte sie den Tisch, ganz selbstverständlich für zwei.
„So, jetzt isst du was mit mir und erzählst mal."
„Was soll ich denn erzählen?"
„Warum du das gemacht hast."
Mein Blick ging aus dem Fenster. Ein Müllwagen bremste vorm Haus. Müllmänner liefen hin und her, sie klapperten mit den Tonnen, und als sie wieder wegfuhren, hatte ich immer noch keinen Ton gesagt. Und auch nicht meinen Teller angerührt.
„Paul, ich bin langsam mit meiner Geduld am Ende", sagte Oma und füllte sich Kartoffeln auf. „Willst du, dass ich dich gleich nach Hause schicke? Dann brauchst du aber auch nicht mehr wiederzukommen."
Tränen schossen mir in die Augen. Es geschah so blitzschnell, dass ich selbst überrascht war.
„Ich hab mir das Ticket wegen Juna besorgt", presste ich hervor. „Und wegen Marvin aus meiner Klasse. Und weil ich Angst hatte ..."
„Momentchen mal." Oma legte die Stirn in Falten. „Marvin ist doch dieser Junge mit dem reichen Onkel in der Schweiz, richtig?"

Ich nickte. Und holte tief Luft. Und fing noch mal ganz von vorne an. Ich erzählte von dem miesen Gefühl, immer außen vor zu sein, so ohne Kohle. Dass man sich als Loser, als Opfer, eben als Total-Arsch vorkam. Neben diesen Angeber-Marvins, die immer das Neueste, das Teuerste, das Geilste hatten. Und dass vierzig oder auch fünfzig Euro Taschengeld definitiv zu wenig Kohle waren. Weil man natürlich auch die Mega-Kopfhörer, das coole Smartphone oder die angesagten Sneakers haben wollte.

Mir ging die Puste aus und ich trank einen Schluck Wasser.

Oma legte die Serviette neben ihrem Teller ab. „Puh, das klingt ja anstrengend."

„Ist es auch."

„Und du hattest Angst, dieser Marvin könnte dir Juna auf der Skireise wegschnappen, wenn du nicht dabei bist?"

Ich nickte. Konnte Oma in mich reingucken?

„Ich weiß, man redet in deinem Alter nicht gerne über Liebesangelegenheiten." Sie seufzte leise. „Und schon gar nicht mit der Oma. Aber es wäre trotzdem besser gewesen, du hättest mal früher gesagt, wie sehr dich das alles belastet. Bevor du gleich in mein Portemonnaie greifst."

Weiß ich, weiß ich, weiß ich doch!, schrie alles in mir, aber ich brachte kein Wort raus.
Oma schob ein paar Essensreste auf ihrem Teller hin und her, dann blickte sie mich ernst an.
„Paul, man muss nicht immer das Neueste vom Neuen haben, um glücklich zu sein. So funktioniert das Leben nicht. Es wird immer Menschen geben, die tollere Sachen als du haben. Willst du denen dein Leben lang nacheifern? Später dann das teuerste Auto und das größte Haus kaufen, um mit den anderen mitzuhalten?"
Mir wurde ein bisschen flau. Auch mein Vater hatte sich mal ein größeres Auto gekauft, weil unser Nachbar sich so einen fetten Wagen angeschafft hatte und er seine alte Kiste plötzlich zu popelig fand. Und wie lange hatte meine Mutter rumgejammert, bis sie sich endlich den teuren Kühlschrank angeschafft hatten!
Oma sagte noch viel mehr. Nämlich, dass man sich Freundschaft nicht erkaufen könne und Liebe schon mal gar nicht. Lauter Zeug, das wohl in den Zeitschriften stand, die sich auf ihrem Wohnzimmertisch stapelten. Klar, es klang ein bisschen nach Moralpredigt. Moralpredigten waren doof. Eigentlich. Aber ich hörte trotzdem zu. Weil Omas Stimme nach und nach weicher

wurde und endlich wieder nach meiner Oma Brigitte klang. Die, mit der ich auf dem Sofa hockte, Kuchen aß und bescheuerte Filme im Fernsehen guckte.
Kuchen gab es auch. Aber erst, nachdem meine Mutter angerufen und mit genervter Stimme gefragt hatte, warum ich nicht zum Mittagessen erschienen sei.
Okay, sie und mein Vater hatten sich Sorgen gemacht, doch irgendwie war es mir gerade tausendmal wichtiger, bei Oma zu sein. Denn ich hatte endlich das Gefühl, dass alles wieder halbwegs gut zwischen uns war.

13.

Den Rest des Wochenendes verbrachte ich mit Luis.

Was wir alles taten:

– mit unseren Rädern durch die Gegend flitzen
– Spiele auf Luis' Computer zocken
– wieder mit den Rädern rumfahren
– bocklos im Park abhängen (in erster Linie ich)
– bocklos bei Luis zu Hause abhängen (in erster Linie ich)

Was wir alles nicht taten:

– in Burger-Läden gehen und viel zu viel Kohle für Essen raushauen (obwohl wir beide totalen Bock auf Burger hatten)
– Kohle für Computerspiele ausgeben (obwohl Luis totalen Bock auf ein neues Spiel hatte)
– auf Instagram nachgucken, was die Ski-Leutchen aus unserer Klasse gepostet hatten

Das heißt, Luis guckte schon ein paarmal nach. Ehrlich, ich wollte gar nicht wissen, wie mega-

spaßig es in den Bergen war. Ob es vielleicht ein Foto gab, auf dem Juna Marvin mit Schnee einseifte. Eins, auf dem sie Marvin anhimmelte. Eins, auf dem vielleicht noch mehr abging ...
Und da Luis ein echter Kumpel war, knapste er was von seinem Führerscheingeld ab und lud mich zu einer Cola im Jugendklub ein.

*

Ich hörte ihn schon, als ich den Gang zu unserem Klassenzimmer entlangschlurfte: Mr Surfermatte war zurück!
Ich stieß die Tür auf und genau in dieser Sekunde wurde mein Albtraum wahr: Marvin thronte auf dem Lehrerpult und erzählte mit Händen und Füßen.
„... hätte mich fast so eine mörderfette Lawine erwischt! Hab's aber gerade noch geschafft, ihr zu entkommen."
Schade, dachte ich. *Mr Surfermatte von Schneelawine begraben.* Keine schlechte Überschrift in der Zeitung.
„Echt? Da gab's richtige Lawinen?", fragte Fritz, der ebenfalls nicht mitgefahren war.
„Nun übertreib mal nicht, Alter", sagte Benno

und haute Marvin seine Pranke auf die Schulter. „Ich hab keine Lawine gesehen. Das waren nur zwei Schneebälle und die hat Juna auf dich abgefeuert.“
Alles lachte und am lautesten Juna.
Juna!
Seit ich in die Klasse gekommen war, hatte sie mich noch nicht einmal angeguckt.
Weiter ging es mit Marvins Heldentaten. Er erzählte von Halfpipe-Manövern, von Backflips und Frontside-Turns, und während alle gespannt lauschten, beobachtete ich Juna.
Sie lehnte mit ihrem Anhimmelblick an der Tafel und kicherte. Und wippte auf und ab. Und reckte sich Marvin entgegen.
Und dann war da auf einmal diese Stimme in mir, die sagte: Komm, vergiss es, Paul. Sie steht auf ihn. Das kannst du nicht ändern. Selbst wenn plötzlich ein steinreicher Onkel auftaucht, der euch in sein Traumhaus in der Südsee einlädt. Marvin hat das Rennen gemacht. Ist so. Find dich damit ab.
Die Erkenntnis war echt niederschmetternd. Aber besser, ich machte mir nichts mehr vor. Wozu auf irgendwas hoffen, das sowieso nie eintreten würde?

14.

Die Tage darauf waren leer, sinnlos und öde. Ich suhlte mich richtig in meiner miesen Laune. Schleppte mich in die Schule und versuchte dem Unterricht zu folgen. Dabei verbot ich es mir, a) ständig zu Juna rüberzugucken, b) ständig zu Marvin rüberzugucken und c) – das war das Allerschwierigste – nicht hinzugucken, wenn Juna und Marvin sich unterhielten.
Stattdessen verbrachten Luis und ich mehr Zeit mit Leonie aus unserer Klasse. Leonie war eigentlich ziemlich hübsch, aber – hey – sie würde niemals an Juna ranreichen. Einfach weil sie nicht Juna war.
Oft fuhren wir zu dritt mit unseren Rädern durch die Gegend. Oder wir legten uns im Park ins Gras und laberten. Wenn es regnete, spielten wir bei Luis Computerspiele oder schoben eine Fertigpizza in den Ofen.
Was uns zusammenschweißte? Keine Ahnung. Wir hatten alle drei keine Kohle, um richtig

krasse Sachen zu unternehmen. Luis sparte weiter auf den Führerschein und Leonie war in ihrer Anti-Konsum-Haltung sowieso dagegen, mehr Geld als nötig rauszuhauen. Marvin fand sie zum Beispiel total oberflächlich und daneben.
„Stehst du auf Leonie?", fragte mich Luis, nachdem wir wieder mal mit unseren Rädern rumgekurvt waren.
„Quatsch! Leonie ist nur ein Kumpel!" Okay, sie war ein super Kumpel. Aber ich konnte mir nicht vorstellen, mit ihr zu knutschen oder so. Außerdem hatte ich Wichtigeres zu tun. Ich musste mir einen Job suchen. Wegen meiner Schulden bei Oma. Es war nicht nur eine lästige Pflicht, ich wollte es wirklich. Sie sollte wissen, dass es mir echt leidtat und ich mich anstrengte, um es wiedergutzumachen.
Coole Jobs wie Bühnenaufbauer gab es im Moment nicht. Also musste ich einen weniger coolen Job annehmen. Flyer austragen. Das, was auch schon die Dreizehnjährigen machten. Aber egal. Hauptsache, ich bekam die Kohle schnell zusammen. Damit die blöde Sache, die vielleicht immer noch zu fünf Prozent zwischen Oma und mir stand, endgültig vom Tisch war.

Es war der erste richtig warme Frühlingstag im Jahr. Die Sonne knallte vom tuschkastenblauen Himmel, und ich hatte gerade meine nachmittägliche Flyer-Tour hinter mich gebracht, als sie mir geradewegs in die Arme lief. Juna.
Das heißt, sie lief mir nicht direkt in die Arme, unsere Räder verkeilten sich auf dem Bürgersteig ineinander, als ich bei der Pizzeria um die Ecke bog. Juna knallte fast hin, ich konnte sie gerade noch auffangen.
„Äh, sorry", sagte sie und ich versank in ihren grünen Augen.
„Mir tut's leid", entgegnete ich, als die erste Schrecksekunde vorbei war. „Hast du dir wehgetan?"
Sie schüttelte den Kopf.
Ein paar Sekunden standen wir ziemlich blöde voreinander und keiner von uns sagte einen Ton. Irgendwie fiel mir nichts ein. Zumindest nichts halbwegs Intelligentes, und dann sagte ich das Dämlichste, das man in so einem Moment sagen konnte:
„Fährst du zu Marvin?"
Juna starrte mich an. „Wieso sollte ich?"
Ich stammelte etwas wie „äh, ach so ..., ich

dachte ..., seid ihr denn nicht ...?" Peinlicher ging's kaum.
„Nein, sind wir nicht!" Eine Falte tauchte zwischen Junas rotblonden Augenbrauen auf. „Wie kommst du überhaupt darauf?"
„Weiß nicht. Als ihr nach dem Skifahren wieder da wart ... Es sah irgendwie so aus, als würdest du ..."
„Was? Mit Marvin zusammen sein?" Juna schnaubte. „Oh, Mann, ihr Jungs seid doch alle voll bescheuert."
Klar, da hatte sie irgendwie recht. Und ich war vermutlich der bescheuertste von allen.
„Warst du deswegen in letzter Zeit so komisch?", fuhr sie fort.
„Ich komisch? Wie denn komisch?"
„Du hast mich überhaupt nicht mehr beachtet."
Falsch!, schoss es mir durch den Kopf. Jede Sekunde hab ich dich beachtet! Ich hab's dir bloß nicht gezeigt.
Juna guckte weg. Dann sah sie mich wieder an, mit ihren krass grünen Augen. Und in dieser Sekunde wurde mir etwas klar: Entweder war ich endlich einmal mutig und sagte ihr, was ich wirklich für sie empfand, oder ich blieb für immer ein bescheuerter, feiger Idiot.

Mein Herz trommelte los, als ich hervorstieß: „Ich mag dich, Juna. Schon ziemlich lange mag ich dich."
Schweigen.
„Sehr sogar", setzte ich noch eins drauf.
„Deswegen ist dieser ganze Mist doch überhaupt erst passiert."
„Was denn für ein Mist?"
Ich wusste, dass das alles nicht in einer Minute zu erklären war, also schlug ich ihr vor, in den Park zu gehen. Warm genug war es und ich hatte zum Glück noch einen Schokoriegel in der Tasche.
Juna war einverstanden. So hockten wir uns kurz darauf ins Gras, teilten uns den Schokoriegel und ich fing an zu erzählen. Wie lange ich schon in sie verknallt war. Und wie mich das Theater wegen Marvin mehr und mehr genervt hatte. Also das mit seinen coolen Sachen. Den Kopfhörern, den Lautsprechern, und dass alle Mädchen so drauf abgefahren waren.
Juna hörte total aufmerksam zu. Manchmal nickte sie oder murmelte etwas, und ich wunderte mich, dass es plötzlich so leicht ging. Ich meine, ihr alles offen und ehrlich zu sagen. Selbst dass ich wegen der Skireise meinen besten

Freund angelogen und meine Oma beklaut hatte, ließ ich nicht aus. Weil ich ihr vertraute. Und auch keine Angst mehr hatte, dass sie plötzlich aufspringen und abhauen würde.
Als ich fertig war, starrte sie lange auf ihre Füße. Sie trug echt ausgelatschte Sneakers, die am Rand ein kleines Loch hatten.
Dann musterte sie mich und sagte: „Und das war alles nur, weil du Angst hattest, ich könnte Marvin toller finden als dich?“
„Ja, kann sein, weiß nicht“, druckste ich.
Juna hatte den Ausschlag gegeben, ganz klar. Aber der Wunsch, so cool wie Marvin zu sein, wäre vielleicht auch ohne sie da gewesen.
Eine Ente watschelte auf uns zu, guckte uns neugierig an, dann wackelte sie weiter.
„Weißt du was?“ Juna blickte der Ente nach.
„Nee?“
„Marvin ist ein ziemlicher Angeber.“
Ich nickte. Das war nicht eine Sekunde zu übersehen gewesen.
„Er hat echt Minderwertigkeitskomplexe, glaube ich“, fuhr sie fort.
„Wie bitte? Der soll Komplexe haben?“
Juna nickte ernst. „Weil seine Eltern geschieden sind und er glaubt, dass er schuld daran ist.“

Das haute mich jetzt echt um. So was hätte ich nie bei ihm vermutet.
„Woher weißt du das?", fragte ich.
„Hat er auf der Skireise erzählt. Nach drei Shots." Sie schnaubte leise. „Übrigens bin ich seitdem total pleite. Marvin wollte ständig essen gehen und die Preise auf den Skihütten sind echt krass. Klar, für Marvin ist das nichts. Der kriegt ja auch von seinen Eltern richtig viel Schotter. Aber für mich und die anderen war das ganz schön heftig."
„Und wovon hast du das alles bezahlt?", fragte ich.
„Hab mir was von Marvin geliehen. Aber er will es natürlich wiederhaben." Sie bohrte ihre Sneakers in den Rasen. „Meine Eltern sind schon okay. Sie geben mir das Geld für Marvin. Dafür haben sie aber mein Netflix- und Spotify-Abo gekündigt."
Arme Juna. Das tat mir echt leid.
„Und jetzt?", fragte ich.
Sie zuckte mit den Schultern. „Jetzt gibt's erst mal keine neuen Serien und keine neue Musik. Ist auch okay."
Sie lächelte mich an und ich lächelte zurück. Irgendwie konnte ich es noch gar nicht fassen.

Also, dass ich so dicht neben Juna im Gras saß. Und die Wärme ihres Körpers spürte. Und wir so offen wie nie zuvor redeten. Aber das Allerirrste war, dass sie Sachen sagte, als hätte sie sie direkt aus meinem Hirn kopiert. Wie übel der Druck sei, ständig das Neueste und Tollste haben zu müssen. Coole Klamotten, Smartphones der neuesten Generation, superteure Schminke. Und dass es doch eigentlich affig sei, in der Mittagspause essen zu gehen und Filme und Serien wie ein blöder Suchti zu gucken.
„Glaubst du, man ist glücklicher, wenn man das alles immer mitmacht?"
Ich schüttelte den Kopf, war mir aber nicht sicher, ob das hundertprozentig so stimmte. An dem Tag, als ich die neuen Kopfhörer hatte, war ich ziemlich happy gewesen. Doof nur, dass das Gefühl so schnell wieder verpufft war.
Juna lächelte mich schief an. Dann guckte sie weg und sagte: „Damals nach dem Kino ..." Sie brach ab, kaute eine Weile auf ihrer Unterlippe herum. „Es war ja gar nicht so, dass ich dich nicht küssen wollte", fuhr sie leise fort.
„Nein?", krächzte ich.
Juna schüttelte den Kopf. „Es ging mir nur ... irgendwie zu schnell. Verstehst du?"

Ich fühlte mich plötzlich wie benebelt im Kopf. Gab sie mir etwa gerade zu verstehen, dass es heute vielleicht anders war? Dass sie mich auch mochte und ...
Ich schaffte es nicht mehr, den Gedanken zu Ende zu denken. Weil Juna sich nämlich zu mir rüberbeugte, mit ihrem schönen Mund näherkam und ... äh ja ... dann küssten wir uns.
Wow!
Ich küsste ein Mädchen!
Nein, ich küsste nicht nur irgendein Mädchen, ich küsste Juna!
Das Mädchen, in das ich so verknallt war!
Und das fühlte sich einfach hammer an. Alles war plötzlich so weit weg. Marvin. Meine Geldsorgen. Der ganze Mist, der mich die letzten Wochen davon abgehalten hatte, einfach ganz normal zu leben. Der aus mir einen Dieb gemacht hatte. Und ich nahm mir vor, diesen ganzen Konsumscheiß nicht mehr so wichtig zu nehmen. Weil es so viel schöner war, mit Juna im Park zu sitzen und sie zu küssen. Oder mit Luis auf einem runtergetretenen Rasen zu kicken. Oder einfach nur die Frühlingswolken zu zählen, denn auch das war ziemlich cool.

Game over

Daniel Höra
Carlsen Clips
Killyou!
128 Seiten
Taschenbuch
ISBN 978-3-551-31659-2

Tim ist ein ganz normaler Teenager. Er spielt Fußball, chillt mit Kumpels, zockt am Computer. Doch seit einigen Wochen verbringt er immer mehr Zeit mit seinem Lieblingsspiel CALL OF THE FORCE. Denn da ist einfach alles drin: Strategie, Geballer, Action, Rätsel …
Er sitzt nächtelang am Bildschirm, beginnt sich abzuschotten, hat langsam Schwierigkeiten, Realität und Fantasie auseinanderzuhalten. Seine Freunde erreichen ihn nicht mehr. Seine Mutter ist überfordert. Und irgendwann stellt sich die Frage: Findet Tim überhaupt noch aus der virtuellen Welt zurück in die echte?

CARLSEN

www.carlsen.de

Nur der Kick zählt

Henriette Wich
Carlsen Clips
Aufs Ganze gehen
112 Seiten
Taschenbuch
ISBN 978-3-551-31540-3

Marvin hat was gegen Langeweile. Er sucht das Risiko – jetzt, hier, sofort! Schule nervt nur und die Lücken in den Hauptfächern sind sowieso schon viel zu groß. Was soll er sich da noch stressen? Statt an die düstere Zukunft zu denken, zieht er lieber mit seiner Clique um die Häuser. Sie überbieten sich gegenseitig mit Mutproben, denn in seinem letzten Schuljahr will Marvin noch mal so richtig Spaß haben und aufs Ganze gehen! Doch dann läuft alles aus dem Ruder.

CARLSEN

www.carlsen.de

Hilflos ausgeliefert

Thomas Feibel
Carlsen Clips
Ich weiß alles über dich
128 Seiten
Taschenbuch
ISBN 978-3-551-31456-7

Nina ist verzweifelt. Nach einer Party bekommt sie ständig SMS von einer fremden Nummer. Der Paketdienst liefert Sachen, die sie nicht bestellt hat. Jemand hackt sich in ihrem Namen in den Schulcomputer ein. Dann steht sogar die Polizei vor der Tür! Will sich ihr Exfreund rächen? Zum Glück hat sie Ben kennengelernt. Er hört ihr zu und versucht zu helfen. Doch kann sie ihm wirklich vertrauen?

www.carlsen.de

CARLSEN